SCANDALE
DE LA VERTU

JEAN DUTOURD
de l'Académie française

SCANDALE DE LA VERTU

Éditions de Fallois

L'Âge d'Homme

Il a été tiré de cet ouvrage
vingt-cinq exemplaires sur vélin pur chiffon
des papeteries Lana,
dont dix-huit exemplaires numérotés de 1 à 18
et sept exemplaires hors commerce numérotés
de H.C. I à H.C. VII,
le tout constituant l'édition originale.

22, rue La Boétie, 75008 Paris

ISBN 2-87706-293-7

AVANT-PROPOS

Lors de la séance publique annuelle de l'Académie française, l'un de ses membres prononce un « éloge de la vertu ». Généralement c'est au dernier élu que l'on confie cet exercice, dont on pourrait presque dire qu'il constitue une dernière épreuve avant d'être immortel à part entière.

Quoique j'appartienne à la Compagnie depuis bientôt vingt ans, j'eus le désir, un ou deux mois avant l'échéance, de me charger du discours traditionnel. La proposition, à ce qu'il me sembla, soulagea mes confrères qui ne montraient pas beaucoup d'empressement.

Ma harangue ne plut pas à toute l'assistance et fut accueillie avec ce que le *Journal Officiel* appelle des mouvements divers. Quatre personnes se levèrent et quittèrent ostensiblement la Coupole, ce qui je crois bien ne s'était jamais vu depuis la fondation de l'Académie en 1635. Chose encore plus remarquable, l'un des mécontents était lauréat d'un de nos Grands Prix de l'année dont on venait de citer le nom dans le palmarès et que mon vote naguère avait contribué à couronner.

Ayant provoqué des révoltes, il était inévitable que, concomitamment, je suscitasse des approbations. Je n'en fus pas privé, à en juger par les applaudissements qui accompagnèrent ma péroraison. En somme la séance du 5 décembre 1996 m'a plutôt laissé un bon souvenir. Les réunions de ce genre ne sauraient éviter une sorte d'ennui de bon ton. Grâce à moi, pour une fois, on n'a pas bâillé, on a eu des passions, on a été amusé ou indigné. Et pour ma part j'ai eu le bonheur suprême pour un artiste (ou un moraliste) qui est de plaire et de déplaire.

La Coupole de l'Institut est un magnifique monument. Plutôt que de la considérer comme un lieu aseptisé et neutre, mieux vaut, me semble-t-il, se servir d'elle comme d'une tribune et, lorsqu'on a l'honneur d'y parler, tenir des propos un peu différents de ceux qu'on entend d'ordinaire à la télévision ou qu'on lit dans les journaux.

*

Pour que le présent volume ne fût pas trop mince, et aussi afin que le lecteur pût constater que mon sentiment n'a pas varié depuis longtemps, on a ajouté quelques chroniques de *France-Soir* écrites au cours de ces dernières années. Dans la plupart je traite de tout autre chose que de la Serbie ou de la vertu, mais si l'on a la patience d'y regarder, on verra que leur leçon, s'il y en a une, n'est pas différente de celle de ma harangue du 5 décembre.

I

L'ESPRIT DE CONTRADICTION FONDEMENT DE LA VERTU

Académie française
Séance publique du
5 décembre 1996
Discours sur la vertu

Messieurs,

Michelle Maurois, fille de notre éminent et regretté confrère, avait eu dans son enfance une gouvernante anglaise qui l'appelait « Little Miss No » parce qu'à chaque fois qu'on voulait lui faire faire quelque chose, qu'on lui donnait un ordre ou un avis, elle répondait « Non » et prenait une petite figure têtue qui montrait bien qu'elle n'obéirait jamais à personne. C'est d'elle que je tiens cette anecdote ; elle me la raconta un jour que je lui reprochais en riant d'être systématiquement contredisante. Elle avait alors la soixantaine. « Vous voyez, ajouta-t-elle, que ce trait-là de mon caractère ne date pas d'hier ! » Je la félicitai d'avoir été ainsi fidèle à elle-même et d'avoir appliqué tout au long de sa vie, par instinct, la maxime du fabuleux Épicharme : « Souviens-toi de te méfier », que Mérimée avait, afin qu'elle fût toujours sous ses yeux, fait graver en grec sur une bague : μεμνᾶσο ἀπιστεῖν.

En effet, ce que les gens nous poussent ordinairement à faire, l'ardeur et les cajoleries qu'ils déploient pour nous convaincre, la persuasion qu'ils mettent dans leurs arguments doivent nous avertir que c'est à leur avantage qu'ils nous convient à travailler et non au nôtre, que leur souci n'est que de nous recruter, de nous embrigader dans une cause dont nous n'avons rien à faire et qu'ils se moquent bien que nous sortions échaudés de l'aventure.

Dire non, *a priori*, par principe, sans raison particulière, est d'une excellente hygiène intellectuelle et surtout morale. C'est la protection des forts qui ont à décourager d'innombrables solliciteurs et la sauvegarde des faibles à qui l'on veut imposer des devoirs tantôt stériles tantôt contraires à l'honneur. Car on a beau être faible, être petit, démuni, sans allié, sans protection, on n'en a pas moins de l'honneur, tout autant que les grands vainqueurs de ce monde. Il serait même recommandé d'en avoir davantage, attendu qu'on peut tout perdre par des causes extérieures, être précipité des grandeurs dans la misère et l'impuissance, mais qu'il ne dépend que de nous, que de notre âme de ne pas sacrifier dans le naufrage notre seul bien inaliénable, à savoir le respect de soi. J'entends bien que l'honneur n'est pas une chose facile et qu'y être fidèle risque de conduire à toutes sortes de mésaventures, si ce n'est à la mort. Mais enfin il n'est pas si mal de mourir pour quelque chose comme cela. On pourrait quasiment dire que mourir pour conserver son honneur intact est le principe de la vertu.

Nous voici un peu loin de « Little Miss No ». Mais pas si loin peut-être qu'il y paraît. Ne nous est-il pas souvent arrivé, au cours des vingt dernières années, de regretter de ne pas pouvoir donner ce surnom aux gens qui ont gouverné la France ? Une des raisons pour lesquelles le général de Gaulle, au bout du compte, a tant plu au peuple (car il lui plaisait, c'est indéniable, et il plaisait jusqu'aux braves militants communistes qui votaient quelquefois pour lui), c'est qu'il disait « non » sans se gêner, à tout ce qui lui semblait contraire à l'honneur du pays, et cela descendait jusque dans les plus petits détails. Il existait alors une bizarre confiance politique chez les Français, qui tenait au fait qu'ils avaient le sentiment qu'une sorte de monarque républicain, logeant faubourg Saint-Honoré, ne s'inquiétait pas de plaire ou de déplaire à quiconque et n'écoutait pour sa conduite que l'honneur ou l'intérêt national (mais ces deux choses-là n'en font qu'une quand il s'agit de l'État).

Il suit de cela que la vertu d'un pays, comme celle d'un homme, commence par l'esprit de contradiction. On en fait l'expérience dès l'enfance. Dans une réunion de bambins, on voit aussitôt ceux qui acceptent le monde tel que les grandes personnes veulent qu'ils le voient, qui acquiescent à leurs descriptions et à leurs doctrines, les prennent à leur compte, les propagent ingénument. Mais dans cet aggloméRat de petits moutons, il y a un ou deux récalcitrants, un ou deux incorruptibles qui, à cinq ans, à dix ans, préfèrent se fier à leur instinct, à la droiture de leur raisonnement, à leurs bons yeux, plutôt que de se laisser endoctriner par la société. Celle-ci ne tarde pas à se méfier d'eux ; elle le leur montre par des punitions, des mépris, des sarcasmes et surtout un refus permanent de les prendre au sérieux, alors qu'ils sont en fait les seuls esprits sérieux de leur génération. La société est infaillible là-dessus, ou plutôt elle décèle, dans les enfants qui n'acceptent pas sans critique ses maximes, des ennemis qu'il importe de combattre sans attendre, en qui il faut tuer, s'il se peut, le détestable esprit qui les habite avant qu'ils ne deviennent grands.

Dans la suite de leurs jours, ces enfants continuent à se heurter durement à la vie. Pour eux, tout est plus laborieux, plus ardu, plus difficile à atteindre que pour leurs contemporains devant qui le monde se couche comme un chien, à qui les carrières s'ouvrent toutes grandes, qui accumulent les dignités et les honneurs, tant on a envie de les récompenser d'être dociles. Beaumarchais a très bien exprimé cela dans le monologue de *Figaro* dont on pourrait dire qu'il est le manifeste des hommes supérieurs en proie à la vertu : « Il m'a fallu déployer plus de science et de calculs pour subsister seulement qu'on n'en a mis depuis cent ans à gouverner toutes les Espagnes... » Le duc de Saint-Simon avait déjà écrit cinquante ans plus tôt dans ses Mémoires qu'il n'avait jamais été attiré que par la vérité, jusqu'à la « chérir contre lui-même ». Ces deux témoignages sont précieux, entre autres parce qu'ils montrent que toute époque est inconfortable pour les gens qui préfèrent penser par eux-mêmes plutôt que de chanter avec le chœur des conformistes. Saint-Simon vivait sous Louis XIV, Beaumarchais sous Louis XV et Louis XVI, époques qui nous paraissent, par comparaison avec la nôtre, des sommets d'intelligence, de bon sens, d'audace intellectuelle, de science artistique, et pourtant, tout protégés qu'ils étaient, l'un par sa pairie et son appartement à Versailles, l'autre par ses talents et son argent, la société ne les a pas ménagés. Voir la réalité telle qu'elle est, ne pouvoir s'empêcher de la décrire, est considéré comme un attentat contre l'ordre établi.

Ordre tacite au demeurant, existant depuis le fond des temps, et défendu avec un constant succès par tous les pouvoirs, y compris ceux qui se proclament révolutionnaires. La grande affaire des hommes sur cette terre est d'y faire régner un certain mensonge ou, si l'on préfère, une certaine convention dont l'objet est de persuader les générations successives que le bien se trouve obligatoirement d'un côté et le mal de l'autre, qu'il n'y a pas de couleurs intermédiaires entre le noir et le blanc, et qu'il est indispensable, si l'on veut mériter « le beau nom d'homme », de se ranger du côté du blanc, sans examen de conscience, pour la simple raison qu'il a été décrété blanc.

La vertu commence avec l'esprit de contradiction. Elle apparaît vers l'âge de cinq ans, sinon plus tôt. Cette tournure de caractère n'est nullement de nature à apporter de la tranquillité de conscience à ceux qui en sont dotés. En effet il arrive, et même assez fréquemment, que les idées que les grandes personnes s'ingénient à mettre dans la tête des enfants soient justes. Comment refuser une idée juste sous le seul prétexte qu'elle provient de gens dont on sait qu'ils ont globalement tort ? Toute la question est là, et c'est la raison pourquoi, à sept ans, huit ans, douze ans, vingt ans, quelque force intellectuelle que procure une révolte générale contre le monde, on est, en fin de compte, peu sûr de soi. On sait qu'on est devant une grande imposture, mais comme on est honnête, comme on a de la bonne foi, on a bien de la peine à ne pas prendre, quelquefois, le parti de l'ennemi, autrement dit, à ne pas se laisser entamer.

Chez les enfants radicalement réfractaires, donc fondamentalement vertueux, qui opposent un non granitique à tout ce que l'on tente de leur inculquer, il y a comme un esprit politique précoce. Un homme convaincu du bien-fondé de ce qu'il pense doit être sourd à tout argument provenant du parti adverse, même s'il est incontestable et lumineux. Il doit critiquer aveuglément toutes ses actions, fussent-elles louables ou bénéfiques, les rejeter, les contrecarrer autant qu'il est possible.

Le seul but d'un politique est de faire triompher sa doctrine, qui est son âme même, en ce qu'elle suppose une philosophie différente des diverses philosophies auxquelles on veut le convertir. Il sera bien temps, après la victoire, d'examiner s'il y avait du bon dans les doctrines antagonistes, et de les reprendre sans danger pour notre intégrité spirituelle. Voler une idée quand on est dans une position de force est tout autre chose que d'y acquiescer de bonne foi avant qu'on ait établi notre supériorité. C'est une prise de guerre et non pas une soumission à un puissant, c'est un tribut levé sur le vaincu et non un de ces dégoûtants mimétismes dont les vaincus, d'ordinaire, sont coutumiers avec leurs vainqueurs.

Un des enseignements sibyllins qu'apportent les années est qu'une idée juste devient fausse à partir du moment où elle est adoptée par le plus grand nombre. Quand on est jeune, c'est-à-dire ligoté par la logique, il est difficile d'admettre une aussi scandaleuse métamorphose : ce qui a été vrai une fois pour une personne et qui lui valait des persécutions ou au moins des sarcasmes, ne peut pas cesser de l'être parce que des milliers ou des millions de personnes peu à peu acceptent cette vérité, s'y convertissent, la proclament, l'érigent en dogme. Et pourtant cela se passe de la sorte. Une idée juste est un trésor. L'homme qui possède ce trésor est riche ; mais si le trésor est partagé par une foule d'héritiers, chacun de ceux-ci n'a que quelques liards. Cela ne suffit pas à changer la vie, à faire d'un pauvre un prince.

La poésie nous aide à comprendre la transformation des idées justes en idées fausses. Certaines images, lorsqu'elles ont éclos sous la plume de leurs auteurs, étaient frappantes par le rapport ou la ressemblance qu'elles faisaient ressortir entre des choses inattendues. Qui, par exemple, a écrit pour la première fois qu'une prairie était

« émaillée » de fleurs ? Qui a eu l'idée d'assimiler les boutons d'or et les coquelicots au travail de l'émail ? Quel poète a été frappé par cette similitude ? Personne ne le sait plus depuis des siècles. La charmante ou l'ingénieuse trouvaille, par son succès même, sa justesse, est passée dans le langage courant, elle est devenue lieu commun, cliché, façon ordinaire de parler.

Ainsi en va-t-il des idées : quand elles tombent dans la foule, elles perdent leur éclat, leur saveur, leur fécondité, surtout leur complication. Elles deviennent schématiques et caricaturales, elles tournent au poncif ; bref, elles sont prêtes à servir de machines de guerre ou de projectiles.

Rivarol dit qu'un homme qui a raison vingt-quatre heures avant tout le monde, passe pour un fou pendant vingt-quatre heures. Les gens qui ont raison toute leur vie passent pour des fous pendant toute leur vie, même si l'on s'aperçoit périodiquement que, sur tel ou tel sujet, ils ne s'étaient pas trompés. C'est qu'au moment où l'on reconnaît qu'ils étaient les seuls à avoir vu juste, ils s'empressent de tourner leur regard (ou leur esprit) d'un autre côté et à avoir raison sur des points dont la vérité est encore cachée. Sans doute sentent-ils que le succès de leurs vues est incompatible avec leur justesse, que par le succès même, elles se corrompent et ne répondent plus à leurs exigences intellectuelles ou morales.

Qu'on me permette, après Rivarol, de citer un auteur qui n'a que peu de rapports avec lui, mais qui, en l'espèce, curieusement, le rencontre, à savoir Simone Weil, à qui l'on doit une observation comme on en trouve chez Pascal, dont elle semble d'ailleurs une étrange réincarnation : « La justice, cette fugitive du camp des vainqueurs. » Je me rappelle mon émerveillement il y a quelques dizaines d'années en lisant cela. Était-ce dans *La Pesanteur et la Grâce* ? J'étais d'autant plus frappé que j'avais sous les yeux un homme, un de nos confrères qui, non sans péril, par les positions qu'il prenait, illustrait cette pensée dans la vie. Cela se passait en 1945 ou 1946, et il s'agissait de Jean Paulhan, que j'ai beaucoup vu par la suite, et qui m'a toujours enchanté par son inflexibilité.

À cette époque, il était dans le camp des vainqueurs. Il était membre d'un de ces organismes répressifs qui éclosent de nos jours après les guerres, quand il faut enfoncer dans la tête des peuples que les bons ont gagné conformément à la morale, et que les méchants qui ont perdu seront exemplairement punis. Cet organisme s'appelait le Comité national des Écrivains ou CNE. Sa principale activité consistait à infliger aux hommes de lettres qui avaient eu quelque inclination pour le régime de Vichy, ou qui ne s'étaient pas assez gardés de fréquenter les occupants allemands, un châtiment saugrenu : il leur interdisait de publier la moindre ligne de leurs écrits pendant quelques années comme on prive un enfant de dessert. Montherlant et Giono, me semble-t-il, furent chacun condamnés à cette peine ou plutôt à cette vexation, pour cinq ans. Il y avait là quelque chose d'un peu choquant, en plus de l'absurdité : c'est que l'on entrevoyait une manœuvre d'auteurs médiocres pour écarter dans les librairies la concurrence des gens de talent, au moins temporairement.

Notre Compagnie, Messieurs, qui distribue traditionnellement des prix de vertu, qui s'ingénie à découvrir la vertu dans des endroits où l'on n'a pas coutume de la chercher, n'a jamais songé, me semble-t-il, que, de temps à autre, un de ses membres pouvait être l'objet de cette touchante récompense. Jean Paulhan, académicien français, eût été comblé, j'en suis sûr, si nous l'avions ainsi distingué pour avoir, à une époque où cela n'était pas sans audace, fui le camp des vainqueurs, afin de prendre la défense des vaincus : il démissionna avec éclat du misérable CNE et publia un factum qui scandalisa beaucoup : *Lettre aux Directeurs de la Résistance*, par lequel il s'interposait quasiment entre les épurateurs et les épurés, où comme le lui dictaient toujours son caractère et son âme, il tendait la main à ceux qui étaient à terre, où il faisait à ceux-ci un rempart de sa plume, si j'ose dire, après la leur avoir passée pendant quatre ans au travers du corps. Cet acte de bravoure civile, semblable à tous les exploits de ce genre, n'aboutit qu'à lui créer des ennemis parmi ses anciens amis. En contrepartie, car une bonne action ne peut être entièrement funeste à son auteur, il lui apporta le respect, sinon la gratitude, de quelques-uns de ses anciens ennemis.

Oui, je pense qu'un prix de vertu aurait charmé Jean Paulhan, bien qu'il s'amusât souvent, lui qui était la bienfaisance même et la rectitude morale, à jouer les fanfarons de crime. Il était assez friand de ces sortes d'honneurs. Je me souviens qu'il tint beaucoup, après avoir été employé pendant trente ans aux éditions Gallimard, en tant que directeur de la *Nouvelle Revue française* et maître à penser de plusieurs générations, à ce qu'on le décorât de la médaille des vieux serviteurs. Cette humble distinction lui fut cérémonieusement remise par Gaston Gallimard lui-même, son patron, qui lui adressa une harangue de circonstance, à laquelle il répondit avec une émotion qui pouvait bien être sincère.

Pardonnez-moi, Messieurs, de m'être quelque peu étendu sur notre confrère Jean Paulhan, que finalement assez peu d'entre vous ont connu. C'est qu'il était tout le contraire d'une variété d'individus qui régentent le monde depuis un demi-siècle à peu près et que, par là même, il offre un modèle très français de vertu, de cette vertu inlassablement fugitive, toujours prête à faire ses bagages lorsqu'elle sent qu'on n'a plus besoin d'elle ou qu'elle risque de se compromettre. Depuis un demi-siècle, en effet, l'esprit puritain s'est emparé du gouvernement de la terre, et impose sa loi inhumaine aux consciences. Le propre de cet esprit est de donner des définitions abstraites du bien et du mal, et de s'y tenir aveuglément, pour ne pas dire pharisaïquement. Sous une pareille dictature morale, il n'y a guère de chance de voir la justice déserter le camp des vainqueurs. Elle y est prisonnière, ligotée, bâillonnée, otage et drapeau à la fois. C'est en son nom et en toute tranquillité d'âme que l'on achève le vaincu s'il a l'outrecuidance de ne pas reconnaître ses torts, le premier étant justement d'avoir eu le dessous, de ne pas se repentir de façon assez bruyante, et surtout, surtout ! de ne pas tout mettre en œuvre pour ressembler à celui qui est devenu le maître, lequel a la conviction puritaine que, puisqu'il a gagné, il est « le meilleur », donc que l'humanité doit le prendre comme unique modèle. « Ressemble-moi ou meurs, dit le maître, car ce qui ne me ressemble pas est diabolique et ne mérite que d'être supprimé de la surface terrestre, expédié en enfer, renvoyé au néant. »

Il y a peu de vertu dans le monde, ce qui fait que le modèle ainsi offert aux peuples, à qui la force en impose toujours, ne leur déplaît pas. Pour en revenir à Jean Paulhan, il a consacré à un livre qui n'est pas, selon une formule piquante de Pierre Louÿs, « de ceux qu'un fils peut donner à son père », une préface intitulée « Le bonheur dans l'esclavage ». Cette formule s'applique encore mieux aux masses fascinées par la force qu'aux femmes amoureuses et qui ne reculent devant aucune soumission pour plaire à leurs amants. La foule, c'est-à-dire l'opinion publique, ne sait jamais, toute seule, où elle va : elle a besoin qu'on lui indique des routes, dans lesquelles elle s'engage, ou plutôt dans lesquelles elle se rue. Quand le maître décrète : « Celui-ci est bon, celui-ci est méchant », la foule acclame l'un de confiance et, encore de confiance, lapide l'autre. Jamais dans l'histoire, il n'y eut de si profonds esclavages consentis qu'il n'en existe à présent. Cela vient, évidemment, des moyens de propagande ou d'intoxication qui, depuis que nous sommes, nés, Messieurs, nous autres dont on peut dire que nous sommes un peu éloignés de l'enfance, n'ont pas cessé de se perfectionner. Nul d'entre nous n'a connu le monde silencieux de nos ancêtres où, pour être endoctriné, on devait avoir au moins de la curiosité et se donner la peine d'aller dans des endroits où des tribuns, des politiciens, des agitateurs pratiquaient l'art oratoire. Pour obtenir un lynchage, au XIXe siècle, il fallait faire preuve de quelque persuasion, de dialectique, d'éloquence. À présent, une image sur les écrans de télévision suffit. On la montre dix fois, vingt fois, à des millions d'esprits non critiques, et cette image obsédante, accompagnée de commentaires adéquats, fait l'opinion. Pis que l'opinion : elle désigne souverainement le bien et le mal. Peu importe qu'elle accable les victimes en les faisant passer pour des bourreaux : personne ne vérifie. Jadis le mensonge n'entrait dans les âmes que par les oreilles. Le progrès des sciences et des techniques le fait entrer maintenant par les yeux. Chaque homme est devenu un petit Saint-Thomas qui ne croit que ce qu'il voit, mais ce qu'il voit est faux.

Ces manipulations ont été si nombreuses en un demi-siècle, on les a tant pratiquées qu'il a fallu à la longue trouver un mot pour les désigner. Quand ce qui est innommable apparaît dans le vocabulaire, cela signifie que la morale capitule, ou au moins que la chose innommable s'est tant répandue qu'on ne peut plus faire semblant de l'ignorer. Elle existe au même titre que les sentiments, les lois, le bonheur, la météorologie ; elle fait partie de l'univers des hommes, elle entre dans les mœurs, on compose plus ou moins avec elle. C'est ainsi que le vocable « désinformation » est né. Le dictionnaire atteste son apparition en 1954 et en donne la définition suivante : « Utilisation des techniques de l'information, notamment l'information de masse, pour induire en erreur, cacher ou travestir les faits. » Le verbe « désinformer » est encore plus explicite. Il éclôt en 1959 et signifie, selon le même dictionnaire : « Informer de manière à cacher certains faits ou à les falsifier. »

Pour que la désinformation soit efficace, il importe de n'en point laisser le monopole aux initiatives privées, c'est-à-dire aux journalistes, aux intellectuels, aux hommes de lettres, personnages versatiles avec lesquels on court toujours le risque qu'ils aient un scrupule de conscience, une velléité de courage, ne serait-ce qu'une lubie, et qu'ils s'aperçoivent, malgré leurs préjugés, qu'on s'est moqué d'eux. Il y a là, comme on dit dans le langage actuel, un « facteur humain » contre lequel on ne saurait trop se prémunir. Alors on donne à la désinformation une apparence officielle en créant un tribunal international, que l'on place dans une petite ville bienséante et un peu ennuyeuse de l'Europe du Nord. En effet, on n'imagine pas une cour martiale de ce genre siégeant dans un climat chaud, à Reggio de Calabre, à Delphes, à Monte-Carlo, à Pampelune.

De nos jours, la morale vient du froid. Rien ne vaut les brumes du Septentrion, les canaux flamands, l'humidité et les moulins à vent de la Hollande pour faire sérieux.

Le tribunal international décerne des prix Nobel de crimes de guerre, des prix Nobel de crimes contre l'humanité, des prix Nobel de génocides, à des individus ou à des collectivités dont le tort principal est d'avoir déplu aux puissances qui régentent le monde et que celles-ci veulent écraser, mais avec des prétextes honorables. La vertu réellement vigilante ne doit pas se laisser égarer par ces procès qui ne sont pas fort différents dans le fond des procès de Moscou, lesquels étaient des copies des procès de Paris en 1793.

L'exemple le plus instructif de ces procès est celui que l'on fait aux Serbes de Bosnie, comme s'ils étaient les seuls coupables dans la guerre civile de Yougoslavie, alors que c'est eux, peut-être, qui ont été les plus éprouvés, que c'est ce peuple qui a connu le plus de tragédies dans son histoire ancienne et son histoire récente, et dont la bravoure, le sens de l'honneur semblent à peine de notre temps. Pourquoi avoir choisi les Serbes, pourquoi les avoir chargés de tous les péchés, les avoir accusés des plus impardonnables horreurs, alors qu'ils en ont plutôt moins commis que les autres et que, s'il leur est arrivé d'être un peu vifs, c'était plutôt par esprit de conservation ou légitime défense que par perversité ? Mais il est des gens, ai-je remarqué, à qui l'on impute à crime de ne pas vouloir mourir. Les Serbes sont de ceux-là : ils ont été empalés par les Turcs qui ont tâché, pendant quelques siècles, de les convertir à Mahomet et y ont échoué, ils ont été stérilisés par l'Empire austro-hongrois, massacrés par les oustachis, bradés au communisme par la conférence de Yalta, décapités par le dictateur croate Tito et ils sont toujours là, persévérant dans leur être, continuant à maintenir en vie cette chose impalpable et infiniment précieuse qu'est une âme nationale. Les philosophes, les intellectuels, les humanitaires professionnels, les gouvernements, les Nations unies, le tribunal de La Haye, le monde entier pèsent sur les Serbes, les tuent ou les calomnient. Comment la justice ne se sentirait-elle pas contrainte de rejoindre leur camp ? Comment la vertu, fût-elle complètement aveugle, ne serait-elle pas aimantée vers eux, qui sont seuls contre l'Univers et qui, de ce fait, ont forcément raison contre l'univers ?

Pourquoi les avoir choisis comme boucs émissaires ? demandons-nous. Pour quelques-uns de ces motifs secrets que la vertu, si elle est vigilante et perspicace, doit rechercher jusqu'à ce qu'elle les ait, sinon identifiés, du moins entrevus. Le plus apparent de ces motifs est que les Serbes ne sont pas de bon ton, c'est-à-dire à la pointe de la mode politique de cette année. Ils ont trois vices, le premier étant de se trouver dans la situation de paysans défendant leur terre. Cela n'est point noble aux yeux de l'opinion mondiale qui exige que l'on se batte pour des idées et non pour des carrés de légumes ou pour quelque vieille chapelle en ruine. Leur second vice est qu'ils sont chrétiens, ce qui est un objet de dégoût pour la pensée occidentale, laquelle s'accommode assez bien du bouddhisme, de l'Islam, voire des superstitions animistes et, au nom des droits de l'homme, se prosternerait avec respect devant les grigris des sorciers, mais n'a pas la moindre pitié pour ceux qui se réclament de la Croix du Christ. Le troisième vice des Serbes, et probablement le plus impardonnable, encore qu'il ne soit jamais évoqué, est l'amitié étroite qu'ils ont toujours éprouvée à l'égard de la France, et que la France, jusqu'à un passé fort récent, leur a rendue. Avec nous, les Serbes ont gagné la guerre de 1914, cette guerre dont on ne parle plus, dont on efface fiévreusement les traces, ou que l'on travestit afin que la contestable gloire d'avoir accouché du monde moderne revienne tout entière au Puritanisme œcuménique.

Les Serbes ont été nos compagnons, nos frères d'armes. À ce titre, ils devraient nous être sacrés. Après quarante ans d'esclavage, leur premier mouvement a été de se tourner vers nous, de renouer l'ancienne alliance. La vertu aurait dû nous pousser à embrasser leur cause, même si elle n'était pas meilleure que celle des autres belligérants, à nous mettre aveuglément à leurs côtés, sans écouter les accusations dont on les chargeait.

Ceux qui se sont érigés en juges de la Serbie ont été plus clairvoyants ; il ne leur a point échappé qu'en condamnant ce peuple, cette nation qui tentait de survivre et s'y prenait comme elle pouvait, c'est à la France qu'ils portaient indirectement leurs coups ; ils espéraient qu'ils ne trouveraient pas chez nous assez de vertu pour que nous fussions solidaires de nos vieux camarades et leur calcul, malheureusement, a été juste. Il y a toujours ici un parti de l'étranger ou, si l'on préfère, un parti du reniement, qui est parfois le plus fort et, lorsque c'est le cas, nous entraîne dans des actions ou des attitudes que nous regrettons bien, après que la vertu a réintégré notre cœur.

Le sénile Occident, à ce qu'il nous semble, est noyé en ce moment dans une atmosphère de ressentiment, d'hostilité, de haine peut-être, contre la France. Nous devrions en être assez contents, en somme, car cela nous fournit la preuve que nous ne sommes pas devenus un si petit pays ni si insignifiant, comme le pessimisme national voudrait s'en persuader. On ne prend la peine de détester que les nations ou les gens qui ont une âme ou un caractère. Et l'antipathie devient fureur après qu'on a constaté que le caractère, quelque effort que l'on fasse, quelque sermon qu'on lui adresse, ne change pas, qu'il conserve ses insupportables particularités et que l'âme est enfouie si loin dans l'être, qu'il est impossible de l'en extirper.

Le fondement de la vertu est l'esprit de contradiction. Cela est vrai à toutes les époques, mais peut-être encore plus dans celle où nous vivons que dans les autres. Une des maximes ou devises actuelles, qui nous vient, comme nous en avons l'habitude, d'au-delà de l'Océan, est si effrayante qu'on n'ose plus la servir qu'avec un petit sourire ironique : elle exprime le souhait que les hommes de maintenant soient « politiquement corrects », à savoir qu'ils tiennent pour bienfaisante, incontestable, irréfutable et pour tout dire obligatoire, une certaine philosophie politique qui, extérieurement, a l'air d'être le fruit de la morale, de la tolérance, de l'humanitarisme, du progressisme, de l'égalité, de l'esprit démocratique, alors qu'elle n'est en réalité que l'expression la plus autoritaire du conformisme international, lequel, sous couleur d'idéalisme, peut se livrer à un pragmatisme effréné, qui ne recule pas, à l'occasion, devant le crime.

Le philosophe Alain dit dans je ne sais plus lequel de ses *Propos* : « Ce qui va de soi, c'est ce qui va mal. » Cette parole n'est jamais aussi vraie que lorsqu'il s'agit de la vertu. Celle-ci, comme le bien, ne va pas de soi. La réalité du monde est cachée derrière toutes sortes de mensonges et de faux-semblants. La tâche de la vertu est de traverser ce rideau comme un piéton qui chemine dans un désert peuplé de mirages ou comme un chevalier errant dont la mission est d'occire quelques dragons pour délivrer une princesse prisonnière. Les mirages sont très convaincants et il faut avoir le nez dessus pour s'apercevoir que la cité que l'on croyait voir ou la rivière qui scintillait au soleil ne sont qu'un peu de buée. De même les dragons, de loin, apparaissent au chevalier sous les traits charmants de Biondetta dans *Le Diable amoureux*, mais quand on s'approche tout près d'eux, quand on en est quasiment au corps à corps, on constate non sans épouvante qu'il s'agit bien de monstres ignivomes couverts d'écailles, armés de griffes et de dents, et qu'on n'a pas une chance sur mille de les vaincre.

Ainsi en va-t-il de la vertu. Elle demande le plus grand courage qu'un homme puisse montrer : celui d'être en désaccord avec l'esprit de son temps. Et comme elle se présente avec un visage ambigu, qu'elle nous laisse fallacieusement le choix entre l'opinion si commode du plus grand nombre et les exigences austères de notre cœur, il est difficile de la pratiquer. Difficile et dangereux : le monde, contrairement à ce qu'on prétend, n'est pas rempli de loups, mais de moutons, qui sont des bêtes bien plus dangereuses. Lorsque les moutons ne se jettent pas à la mer, ils organisent des tribunaux internationaux et pendent les fous qui ont la témérité de ne pas hurler avec eux. Car les moutons hurlent. Du moins au XXe siècle.

II

CHRONIQUES

GUERRE ET PAIX

Il faut en convenir : la paix ne plaît à personne, sauf aux populations qui souffrent de la guerre et aux soldats enrôlés contre leur gré. Certes cela fait plusieurs millions de gens, mais comme ils n'ont traditionnellement pas la parole, peu importent leurs goûts ou leurs aspirations.

Lorsqu'on s'est installé dans la guerre pendant une quarantaine d'années, on finit par prendre des habitudes, par s'accoutumer à certaines facilités ou témérités et l'on est fâché à l'idée qu'elles puissent finir. Au fond, le charme de la guerre est qu'elle rend permis à peu près tout. En temps de guerre, soudain la morale change. Ce qui était mal devient bien, ce qui était répréhensible, voire dans certains cas atroce, prend les couleurs d'une action louable et hautement patriotique. Quand la paix revient, la morale traditionnelle, fondée sur le droit des gens, le respect de la personne humaine, la tolérance, l'amour du prochain, se réinstalle, et le monde retrouve son ennui séculaire.

Qui osera chanter le bonheur d'avoir un ennemi ? C'est le bien le plus précieux que possède un pays. Et lorsque l'ennemi est « héréditaire », on peut considérer qu'on a un bel avenir devant soi. L'ennemi héréditaire monte avec vigilance la garde aux frontières pendant plusieurs générations qui, grâce à lui, vivent dans la cohésion et dans la haine. La France durant les belles époques de son histoire a eu successivement deux ennemis héréditaires, à savoir l'Angleterre, de Louis XIV à Napoléon III, puis l'Allemagne jusqu'en 1940. Depuis cinquante ans, nous n'avons plus de véritable ennemi. Aussi sommes-nous complètement déboussolés, démoralisés, plus divisés que jamais ; nous en oublions jusqu'à notre langage.

L'histoire n'aime pas beaucoup la paix, elle non plus. Ses héros les plus chers sont des guerriers, heureux ou malheureux. Plus un homme a fait tuer de monde, plus l'image qu'il laisse dans la mémoire des peuples est éblouissante. Notre plus grand héros n'est pas le bon cardinal Fleury qui donna la tranquillité et la prospérité à la France pendant vingt ans, et grâce auquel Louis XV gagna le surnom de « bien-aimé », mais Napoléon qui mit moins de temps à ravager l'Europe, et tua la France comme Alexandre le Grand tua la Grèce.

Pendant l'illustre poignée de main que se sont donnée M. Arafat et M. Rabine à Washington, sous l'œil de M. Clinton, le seul qui avait l'air vraiment content était le président des États-Unis. Sans doute parce qu'il était, d'une certaine façon, hors du coup.

18 septembre 1993

LES INDÉSIRABLES

Il y a de bons étrangers et de mauvais étrangers. Les bons étrangers sont ceux qui plaisent au parti socialiste (ou qui lui plaisaient naguère). Ils peuvent tout se permettre : organiser des meetings, prêcher la révolution, flétrir notre prétendu racisme, et vingt autres exploits aussi édifiants. La télévision et les gazettes leur font une réclame d'enfer. Ils sont délicieusement pittoresques et romantiques.

Les mauvais étrangers sont au nombre de deux : S.M. Juan Carlos et M. Soljenitsyne, auteur de *L'Archipel du Goulag*. Le premier, *a priori*, ne serait pas antipathique, mais il a le défaut d'être roi. De ce fait, lorsque M. Séguin le convie à faire un petit discours à l'Assemblée nationale, c'est un vrai tollé. Inviter un chef d'État à haranguer nos chers députés, et dans leur propre maison, quel scandale ! Imaginez qu'il ne parle pas pour ne rien dire, mais qu'au contraire il énonce des choses simples, qu'il n'utilise pas le galimatias propre au Palais-Bourbon. Il y a là de quoi en traumatiser plus d'un.

Tout à coup notre vieille République engourdie, qui ne sait plus très bien ce qu'elle est, qui ne croit plus à rien, se révèle extrêmement chatouilleuse. On explique qu'il faut remonter à 1919 pour trouver un précédent à l'invitation de M. Séguin, et encore, c'était dans « l'euphorie de la victoire » : on avait invité le président Wilson, qui, à ce qu'il paraît, avait l'esprit dérangé. Pas le roi d'Angleterre, lequel, pourtant, avait été notre allié depuis 1914.

Pour ce qui est de M. Soljenitsyne, il faut bien avouer qu'il en a dit de sévères, en Vendée, et que la gauche avait toutes les raisons de redouter ce qu'allait proférer cette grande voix. Curieusement, nul n'a repris ce que la presse appelle « les temps forts » de son discours. C'est peut-être parce que ce discours était tout entier un temps fort, et que l'on ne savait où donner de la tête. Il faut en effet une fameuse tranquillité d'esprit pour affirmer que les révolutions « déchaînent chez les hommes les instincts de la plus élémentaire barbarie, les forces opaques de l'envie, de la rapacité et de la haine ». Et aussi qu'aucune révolution « ne peut enrichir un pays, mais tout au plus quelques débrouillards sans scrupules ».

Où M. Soljenitsyne a été particulièrement terrifiant, c'est lorsqu'il s'en est pris à notre antique devise « Liberté, Égalité, Fraternité », expliquant qu'il y avait antinomie dans les termes, car la liberté détruit automatiquement l'égalité ; quant à la fraternité, elle est d'ordre spirituel et non social. Enfin le cher homme a fait l'éloge de Thermidor, qui a miraculeusement arrêté la Révolution française et sans quoi la France était partie pour soixante-dix ans d'horreur comme la malheureuse Union soviétique.

Il est fâcheux que S.M. Juan Carlos et M. Soljenitsyne ne soient pas deux miséreux polygames. On pourrait leur refuser un visa d'entrée en France.

16 octobre 1993

LA SABIROPHONIE

Il y a une chose que l'on ne dit jamais au sujet de la francophonie : c'est qu'il ne s'agit nullement d'une bataille entre la langue française et la langue anglaise mais entre tous les vieux langages savants du monde et une sorte de sabir américanoïde. Dans cette affaire, l'anglais est tout aussi meurtri que le français. Une langue, en effet, n'est pas seulement un moyen d'exprimer des besoins humains élémentaires ou de rédiger des notices d'emploi pour des appareils électroménagers, mais un instrument qui permet d'explorer les possibilités de l'esprit, de créer de la poésie, de faire entendre une musique particulière et inimitable.

La poésie anglaise est magnifique et ce n'est pas elle, évidemment, qui menace le rayonnement du français à travers le monde. Shakespeare n'est pas le rival de Molière ou de Corneille. Il serait plutôt leur complice, leur frère. Sans Shakespeare, la littérature française, c'est-à-dire l'âme française, ne serait pas ce qu'elle est, de même que, sans Voltaire, il manquerait quelque chose à la sensibilité britannique.

La seconde chose que l'on ne dit pas sur la francophonie, c'est que l'on devrait bien l'imposer aux Français eux-mêmes, pour commencer. Non seulement ils se gargarisent du vocabulaire américanoïde, mais ils l'étalent sur les enseignes des boutiques, ils le lisent jusque dans leurs dictionnaires et les savants français font leurs communications en anglais (ou en pseudo-anglais). Je vois là une curieuse résurgence de l'esprit vichyssois de 1940, lequel était fait d'aplatissement devant les vainqueurs germaniques et de zèle à leur ressembler. Renier sa langue au profit d'une autre, ce n'est ni plus ni moins que de la collaboration. Aujourd'hui, défendre sa langue, c'est comme de défendre sa terre. Mais pour que le peuple se mobilise, il faut de la part du gouvernement une volonté politique. Elle ne s'est pas manifestée une seule fois pendant les douze années écoulées. Peut-être que le nouveau pouvoir va enfin montrer que, pour lui, la francophonie nécessite autre chose qu'une aimable réunion à l'île Maurice. Il faut prendre à l'égard du sabir américanoïde des mesures analogues à celles que M. Pasqua préconise contre l'immigration clandestine.

Ce qui embrouille tout, c'est que les Allemands

étaient nos ennemis, tandis que les Américains sont nos amis. Toutefois, quand l'enjeu est de sauver son âme, on ne doit rien prendre en compte, pas même une amitié deux fois séculaire et soudée dans le sang. D'autant qu'en l'espèce, il ne s'agit en aucun cas de faire du tort à nos amis. Simplement de ne plus vouloir à tout prix leur ressembler. Non dans ce qu'ils ont de bon, hélas ! mais plutôt dans ce qu'ils ont de pire.

Il y a quelque chose de pitoyable et de ridicule à voir la vieille Europe se déguiser en jeune Amérique, comme un vieillard qui revêtirait un survêtement de sport et ferait fi de tous ses trésors pour la seule satisfaction de paraître « dans le vent ».

Que n'a-t-on utilisé depuis 1981 tout l'argent qu'on a jeté dans des bêtises telles que la pyramide du Louvre, les colonnes du Palais-Royal, l'arche de La Défense, la Grande Bibliothèque, etc., à faire parler français dans le monde ! Pour un pareil objectif, j'aurais accepté de voir majorer ma feuille d'impôts.

23 octobre 1993

MAGIE ET CHIENLIT

Le charme d'une institution comme l'Académie française, c'est que lorsqu'on y entre, on est soudain désincarné. Je veux dire que ce ne sont pas quarante séants qui se posent chaque jeudi sur quarante fauteuils, comme pourrait le penser un individu sans imagination, mais quarante esprits. Les candidats qui viennent nous faire des visites en sont bien conscients. Nous ne sommes nullement, à leurs yeux, des mammifères avec du poil sur les phalanges, de la moustache, de grands pieds et des rides sur les joues, mais des corps glorieux, non soumis aux misères physiologiques de l'humanité. Ils nous le font adroitement savoir par un mélange de timidité, de politesse, de dévotion et de respect auquel nous ne sommes pas toujours insensibles.

Notre costume brodé, nos chapeaux à plumes et nos rapières contribuent à nous retrancher de l'existence commune. Lorsque nous sommes harnachés, lorsque nous offrons le mur de nos quarante poitrines entourées de feuilles de laurier à la contemplation du monde, nous formons une sorte d'œuvre d'art, immuable, semblable à elle-même depuis trois siècles et demi.

Il se produit un phénomène analogue avec la monarchie, que l'on peut observer dans les pays où elle existe encore. Un roi ou une reine ne sont pas des êtres humains ordinaires, mais des entités abstraites ; il ne faut pas donner au public matière à spéculer sur leur état de santé, le galbe de leurs mollets, leurs embarras gastriques, leur goût pour les boissons alcoolisées, leurs désordres sentimentaux. Croire qu'un souverain n'est qu'un homme, c'est le commencement de la république.

Lorsque la princesse de Galles a épousé le prince Charles, quelqu'un aurait dû lui tenir un raisonnement de ce genre, et lui dire qu'à la seconde même où elle serait héritière du trône, elle n'aurait plus le droit d'avoir des idées, des toquades, des aspirations au bonheur, des envies de se bronzer au soleil, qu'elle serait devenue, comme les Académiciens français, un objet mystérieux exposé dans une vitrine. Les peuples des monarchies détestent apprendre que leurs rois sont faits comme eux. Cela les vexe. Je ne dis pas que les scandales ne les amusent pas sur le moment, mais cela ne dure pas. L'indignation vient vite.

La princesse de Galles, que les journalistes anglais et français appellent « Lady Di », ce qui est déjà bien commun, est une républicaine, et c'est de là que découlent ses déboires. Elle se croit l'égale des bourgeoises et des ouvrières. Or c'est faux. Elle a beaucoup moins de droits. Elle ne soupçonne pas qu'il lui est défendu d'aller faire de la gymnastique n'importe où, car sa photo sera prise immanquablement par un plaisantin ou un traître et paraîtra dans le *Daily-Mirror*. Elle n'a pas compris cette chose pourtant si simple qu'on ne peut pas tout avoir à la fois dans la vie : la magie de la royauté et la chienlit de la république.

C'est assez chic, pourtant, d'être reine d'Angleterre depuis Aliénor d'Aquitaine. Cela vaut bien quelques petites prudences. Mais la prudence est encore trop pour une âme républicaine. Les républicains ont tendance à confondre prudence et hypocrisie. L'hypocrisie est le moindre hommage que les personnes royales puissent rendre aux bonnes gens qui leur payent leur liste civile.

13 novembre 1993

QUAI KENNEDY

La comparaison entre le président Kennedy et le président Nixon nous enseigne une vérité ordinairement cachée : à savoir que la politique et, à sa suite, l'histoire se font à la tête du client. Sinon comment expliquer l'immense gloire de Kennedy, qui fut un médiocre politicien, et le peu de cas que fait l'opinion internationale (l'opinion française en particulier) de Richard Nixon qui, lui, fut un remarquable homme d'État ? Le secret de l'affaire est que Kennedy était romanesque, qu'il était beau, qu'il a eu une mort tragique ; tandis que Nixon avait un nez comme un bec de canard, de grosses joues et il s'est laissé chasser de son trône par un scandale idiot.

Autre chose qui joue en faveur de Kennedy : étant « démocrate », il était vaguement de gauche. Il était marié à une jolie femme qui achetait ses toilettes à Paris. Nixon, en revanche, avait le tort d'être plutôt de droite comme son étiquette de

« républicain » le spécifiait. Ce genre de détail est très important pour la postérité. Tout au moins la postérité immédiate, car, au bout d'une centaine d'années, Clio commence à entrouvrir les yeux et à voir les choses et les gens dans leur vérité.

Lorsque le président Kennedy fut assassiné, je trouvai très ridicule la hâte du conseil municipal parisien de donner son nom à un grand quai de la capitale. Il n'y avait, selon moi, nulle raison de lui faire autant d'honneur. Bref, le conseil municipal me parut en l'occurrence réagir comme une midinette. Quels services éminents avait rendus le président Kennedy à la France, qui lui valurent d'être ainsi incorporé au cadastre de Lutèce ? Pas un. Je crois même que, en dépit de l'ascendance française de son épouse, il n'avait guère de sympathie pour nous. Le général de Gaulle le gênait par sa formidable stature et aussi parce qu'il était impossible de lui faire avaler n'importe quoi comme aux autres présidents ou potentats de l'Europe. J'ajouterai au passage qu'il n'y a pas de « rue Louis-XVI » à Washington, alors que, sans notre bon roi, les États-Unis n'auraient pas conquis leur indépendance.

M. Nixon, en revanche, était ce qu'on appelait jadis un « ami de la France ». Mieux qu'un ami : quasiment un disciple. Il suffit, pour en avoir la preuve, de lire son livre *Leaders*, où il y a une excellente étude sur de Gaulle dans laquelle on constate que celui-ci a été son maître en politique et où l'on mesure la gratitude que l'autre lui en a gardée. Sait-on seulement que M. Nixon est membre de notre Académie des beaux-arts ? Il doit être le seul président américain à avoir bénéficié de cette faveur. Je ne vois pas le président Grant, ni le président Coolidge, ni le général Eisenhower siégeant sous notre vieille Coupole. L'opinion publique, enfin, oublie que c'est M. Nixon qui a arrêté la guerre du Vietnam, laquelle avait été engagée par M. Kennedy.

En politique, l'assassinat est un sacre. Il est une espèce de garantie *a posteriori* de la grandeur de la victime, car ce ne sont que les grands hommes en principe que l'on assassine. Notre président Sadi-Carnot a été, lui aussi, assassiné. Cela a été la chance de sa vie.

27 novembre 1993

LES ANTHROPOPHAGES

Aucun sénateur, au cours du débat sur la bioéthique, n'a songé à souligner que la philosophie de celle-ci est à peu près celle du cannibalisme. C'est particulièrement évident en matière de transplantation d'organes. Le cannibale, ayant tué son ennemi, dévore diverses parties de son corps afin d'augmenter la force de ses muscles et le courage de son âme.

Je ne vois pas de différence morale entre le fait de greffer le cœur d'un mort à un vivant et le fait, pour un anthropophage, de déguster le cœur d'un missionnaire qu'il a fait rôtir à la broche. Même opération et même but. À cela près que le greffé, à qui l'on ouvre le thorax et qui reste des heures sur la table d'opération, n'est pas à la noce et ne sait pas s'il réchappera de tout ce charcutage, tandis que l'anthropophage n'a que la peine de se mettre à table et éprouve les plaisirs du gourmet.

Les cannibales sont aussi très friands des

parties génitales des guerriers qu'ils ont occis à coups de sagaie. Ils les découpent soigneusement et les mettent à cuire au court-bouillon, à moins qu'ils ne les mangent crues. Je me suis laissé dire qu'il y a toute une école anthropophagique qui recommande cette forme de consommation car les aliments crus, prétend-elle, conservent leurs vitamines et favorisent le transit intestinal.

Selon la bioéthique cannibale, les parties génitales des ennemis, spécialement des ennemis morts courageusement au combat, ont un double avantage : elles apportent à l'individu qui a le privilège de les faire passer dans son estomac un renforcement notable de sa puissance sexuelle et un accroissement de son intrépidité guerrière. On comprend que les cannibales soient très attachés à des coutumes aussi bienfaisantes et qu'ils considèrent comme des obscurantistes les gens qui, par sensiblerie ou par souci déplacé de moralisation sociale, voudraient les voir cesser.

La différence entre les anthropophages et notre société occidentale — elle est de taille, j'en conviens, et n'est pas à leur honneur — c'est que chez eux, les femmes n'ont pas droit à la parole. Il s'ensuit que, dans leurs villages, on ne fait rien avec les nourrissons, les fœtus et qu'on ne met pas le sperme en conserve. Quel gaspillage ! Pour ce qui est des bébés, on doit bien, par-ci par-là, en manger un, mais je pense que cela ne se produit que dans les plus rudes périodes de disette, quand il n'y a pas de gibier ou que les pluies empêchent toute récolte.

On savait que la bioéthique était une belle science, un des fleurons de la civilisation du XXe siècle. Elle est d'autant plus remarquable à mon avis qu'elle plonge ses racines dans une des plus anciennes et des plus primitives habitudes de l'humanité. Voilà un argument que j'aurai eu l'honneur de fournir en sa faveur.

21 janvier 1994

LE MALENTENDU LE PLUS LONG

Le gouvernement allemand est mécontent parce que le chancelier Kohl n'a pas été invité aux cérémonies du cinquantième anniversaire du débarquement allié en Normandie. À mon avis, il a raison. Les Allemands sont un élément essentiel dans cette affaire. S'ils n'avaient pas été là en 1944, il n'y aurait pas eu de débarquement et, par suite, point de commémoration cinquante ans après. Le cinéma est plus sérieux : dans les nombreux films que Hollywood a consacrés au « jour le plus long », on voit beaucoup la *Wehrmacht* dans ses diverses activités, tirant à la mitrailleuse, au mortier, au canon, faisant pleuvoir des grenades, se servant à l'occasion de la baïonnette.

En fait, c'est nous les Français qui, hormis le contingent de la France libre ayant pris part aux opérations, n'étions pas très présents. Du moins, notre présence n'était pas aussi massive que celle des Anglais, des Américains et des Allemands. Elle était même, comparativement, assez restreinte, se limitant à une poignée de braves, qui avaient répondu à l'appel du général de Gaulle et qui rapportaient avec eux, sur notre sol, l'honneur national.

Le gouvernement français, en l'occurrence, devrait être solidaire de M. Kohl, et spécifier à nos anciens alliés que si on ne le conviait pas, il n'y aurait pas non plus de délégation française. D'abord cela ferait plaisir à l'Allemagne, qui est devenue maintenant une vieille et étroite amie, avec laquelle nous ne saurions trop montrer de bonne grâce. Ensuite cela créerait une situation amusante.

Non certes que les Anglais et les Américains fussent bien chagrinés de notre abstention, au contraire ils en seraient assez charmés dans le fond, mais il se trouve, hélas ! que la Normandie fait partie du territoire français et que, sans notre accord, des étrangers, même s'ils nous ont jadis soulagés d'un fardeau que nous portions depuis quatre ans, ne sauraient y organiser de fêtes commémoratives.

Fournir un champ de bataille n'est pas aussi satisfaisant que de fournir des combattants, et il serait peut-être temps, cinquante ans après, de réfléchir un peu au malentendu du débarquement. Les Français sont convaincus depuis un demi-siècle que les Alliés sont venus se faire tuer pour leurs beaux yeux, pour les libérer de leur occupant, parce que c'est par la Normandie qu'ils sont arrivés. Car enfin, c'est eux qui l'ont choisi, ce champ de bataille que nous avons fourni, et pas nous. Ils sont passés par la Normandie parce que c'était plus commode pour eux que de passer par un autre chemin, et ils se moquaient tout à fait du sauvetage de la France. Si de Gaulle n'avait pas été là pour veiller au grain et, à l'occasion, leur forcer la main, Paris n'y serait peut-être plus.

Dieu sait si, lorsque de Gaulle s'en est allé en 1969, on nous a rebattu les oreilles avec la vieille rengaine : « L'ingratitude est la marque des peuples forts. » Il serait temps, peut-être, de montrer un peu d'ingratitude à nos anciens alliés. Cela prouverait que nous ne sommes pas tout à fait aussi faibles que nous en avons l'air.

12 mars 1994

LA LIE DE LA POPULATION

Naguère, lorsqu'une manifestation risquait de tourner à l'émeute, le gouvernement l'interdisait. C'était une procédure toute simple : il suffisait de déclarer que tel jour, tout rassemblement de plus de trois personnes serait dispersé. Moyennant quoi la manifestation n'avait pas lieu. Un certain nombre de désordres ont été évités de cette façon.

À présent les manifestations ne tournent plus à l'émeute mais à la démolition des boutiques et au pillage des commerçants qui ont la malchance de se trouver sur le passage du défilé protestataire. L'émeute avait quelque chose de chic, quelque chose de noble. De braves civils avec leurs mains nues se heurtaient aux forces de l'ordre qui étaient armées de mousquetons et de sabres, montées sur de grands chevaux et qui chargeaient la foule. J'ai connu un vétéran du 6 février 1934 qui avait eu un œil crevé dans l'affaire et qui en vivait encore quarante ans après. Je veux dire qu'il en parlait toujours et je crois bien qu'il avait reçu pour cela quelque argent de l'État en guise de dommages-intérêts.

L'originalité des manifestations de maintenant est qu'elles sont accompagnées de quelques centaines d'énergumènes que l'on qualifie pudiquement d'« éléments incontrôlés ». On leur donne également le nom de « casseurs », ce qui est encore un euphémisme. Certes ils éprouvent quelque plaisir à briser les vitrines et à démolir ce qui leur tombe sous la main, mais ils n'oublient pas, au passage, de s'approprier ce qui leur convient dans les magasins éventrés. En fait ce sont des voleurs, ou ce qu'on appelait au XVIIIe siècle, époque où l'on n'avait pas peur du mot juste, « la lie de la population ». Les voleurs sont devenus le complément quasi obligatoire des démonstrations politiques.

La lie de la population est une chose importante et généralement méconnue. Les pouvoirs pensent qu'elle ne constitue qu'une minorité dans le pays et que, par conséquent, on peut la négliger, surtout en démocratie, régime qui s'appuie sur des majorités. Certes les minorités ne sont pas déterminantes quand il s'agit de voter. Mais on ne vote pas chaque jour ni même chaque mois. Et quand on ne vote pas, ce sont les minorités qui décident, qui entraînent, qui font basculer les situations. La Bastille, en 1789, a été prise par une minorité composée au moins pour moitié de « casseurs » comme nous en voyons de nos jours. La Révolution consécutive, avec son cortège d'horreurs, a aussi été faite par une minorité.

Jules Guesde, vieux socialiste, plus sage que les socialistes de 1981, disait : « J'en ai vu passer, des majorités, à la Villette ! » Il faut tuer les minorités dans l'œuf, spécialement quand elles sont l'émanation de la canaille, sinon c'est elles qui envoient les majorités aux abattoirs.

2 avril 1994

LA GUERRE CIVILE

Pourquoi n'appelle-t-on jamais par le nom qui lui convient le conflit qui a lieu dans l'ex-Yougoslavie entre les Serbes, les Croates et les Bosniaques ? Il s'agit pourtant d'un phénomène bien connu de l'humanité, qui se reproduit périodiquement depuis l'Antiquité. : la guerre civile. Les perplexités et les incertitudes des organisations internationales viennent évidemment de là. L'Europe, les États-Unis, l'ONU ne savent pas comment s'y prendre pour mettre fin à des combats entre gens de même nationalité, fussent-ils de religions différentes.

Les choses étaient beaucoup plus faciles lorsque Sadam Hussein, maître de l'Irak, envahit un de ses voisins pour lui prendre son pétrole. C'était là une guerre étrangère, une guerre de rapine, c'est-à-dire finalement quelque chose d'assez simple et d'assez clair. Les Nations unies se mirent du côté du plus faible contre l'agresseur et reconduisirent celui-ci à l'intérieur de ses frontières. Mais aujourd'hui comment reconduire les Serbes chez eux, puisqu'ils y sont déjà ?

En matière de guerre civile, on ne peut s'empêcher de se référer à la guerre d'Espagne. Lorsqu'elle éclata en 1936, ce ne fut pas la Société des Nations, qui était l'ONU de l'époque, qui se mêla d'y trouver une solution mais l'Allemagne et l'Italie ; elles apportèrent au général Franco un formidable soutien militaire, tandis que l'URSS envoyait des brigades internationales pour secourir les Républicains. Les vieilles démocraties occidentales, c'est-à-dire l'Angleterre et la France, qui étaient déjà sensibles comme on l'est à présent, se cantonnèrent dans ce qu'elles appelèrent « la non-intervention », c'est-à-dire qu'elles regardaient avec tristesse et en faisant des déclarations morales les obus allemands et italiens écraser les belles villes de la péninsule ibérique ainsi que leurs populations civiles.

La guerre d'Espagne dura trois ans, ce qui, je suppose, parut long aux Espagnols, et se termina par la victoire des Allemands et des Italiens, autrement dit du général Franco, lequel, par chance pour son pays, n'était pas seulement un militaire de pronunciamiento mais se révéla par la suite un homme d'État sagace et indépendant, qui osa se montrer ingrat envers ses anciens alliés.

Il est probable que la seule manière pour

l'ONU d'en finir avec la guerre civile yougoslave serait de s'allier avec l'un des belligérants contre l'autre et de l'aider à l'écraser. Cela est naturellement impossible. En conséquence de quoi il est à prévoir que cette guerre s'enfoncera de plus en plus dans l'horreur, que les nations occidentales continueront à parler en larmoyant d'aide humanitaire, et les Casques bleus à se faire tuer stérilement. Faute d'appeler les choses par leur nom, on les rend encore pires qu'elles ne sont.

30 avril 1994

LES SÉQUELLES DE NÉRON

Il y avait du Néron dans M. Lang. La Fête de la Musique est une idée néronienne. J'entends bien qu'il est moins radical d'empêcher une capitale de dormir que d'y mettre le feu, comme Néron fit de Rome, mais cela ne tient, je pense, qu'à l'effacement des mœurs. On n'ose plus faire griller les gens aujourd'hui ; on se contente de leur rompre la tête en remplissant la ville de vacarme, toutefois l'intention est la même : se donner un spectacle inouï et gigantesque, imposer son caprice à toute une population. La transformation du Jardin des Tuileries en champ de foire était aussi une idée à la Néron.

Les ministres sont comme les douleurs physiques. On oublie celles-ci à la minute même où elles s'arrêtent. On oublie les ministres à la minute même où tombe le gouvernement dans lequel ils sont. M. Lang est à peu près seul de son espèce : une fois par an la Fête de la Musique ou, pour mieux dire, « la Fête du Bruit », rappelle au pauvre peuple qu'il a été au pouvoir et qu'il a pris une initiative plus saugrenue et plus incommode que ses confrères.

La puissante personnalité de M. Lang est également présente dans les rues, où l'on peut admirer sur les murs des maisons, sur les monuments publics, sur les statues, des gribouillis appelés « tags », qu'il a encouragés du temps de sa dictature, en décrétant que ces bariolages étaient une forme d'art caractéristique de notre admirable époque.

Jadis la Fête de la Musique avait lieu tous les dimanches et jusque dans les sous-préfectures les plus provinciales. Mais elle se restreignait au périmètre du jardin public. L'harmonie municipale se produisait dans le kiosque à musique ; elle jouait un pot-pourri de *Carmen*, l'ouverture de la *Traviata* et la *Marche lorraine*. Il y avait des chaises autour du kiosque où s'installaient les amateurs de flonflons. À cent mètres de là, on n'entendait rien. Ah ! quel heureux temps c'était ! Aujourd'hui les kiosques à musique ont disparu, il n'y a plus d'harmonies municipales. Il n'y a plus que des « formations » et des « amplis », mots qui donnent froid dans le dos.

Je ne lis jamais nulle part les statistiques qui m'intéresseraient. Par exemple, je serais curieux de savoir si la vente des boules Quies augmente les jours qui précèdent la Fête de la Musique, si l'on en vend deux fois, dix fois ou cent fois plus qu'aux autres moments de l'année. Pour ceux qui ne connaissent pas cette heureuse invention, expliquons que les boules Quies sont des boulettes de cire que l'on se met dans les oreilles et qui ont l'avantage de vous rendre sourd tout le temps qu'elles y restent. Si les établissements Quies doivent leur prospérité à M. Lang, les années que celui-ci a passées au ministère de la Culture auront eu au moins un résultat positif.

25 juin 1994

J'AIME MIEUX VENISE

Ainsi la lune a vingt-cinq ans. Je ne parle pas, bien sûr, de notre cher vieil astre des nuits qui fournit de si belles phrases à Chateaubriand, mais de la lune du XXe siècle, de la lune scientifique et industrielle. Eh bien, mon Dieu, pour dire le fond de ma pensée, je trouve qu'elle a mal vieilli. Quels espoirs n'avait-on pas mis en elle lorsque M. Armstrong posa sa semelle de plomb sur sa croûte granuleuse ! C'était le vieux rêve de l'humanité qui se réalisait. L'Homme, avec un H majuscule, n'avait jamais été aussi formidable.

Je me souviens encore de l'excitation des gens : à quatre heures du matin, ils étaient vissés devant leur poste de télé qui leur montrait des cosmonautes habillés en scaphandriers, donnant des coups de pioche sur le sol lunaire et ramassant des cailloux pour les rapporter aux savants (ou plus exactement aux « scientifiques », car il n'y a plus de savants). Autre grand moment :

M. Armstrong, à moins que ce ne fût M. Aldrin, plantant un petit drapeau américain en zinc, c'est-à-dire prenant possession du territoire au nom des États-Unis.

Les Français, qui aiment beaucoup le patriotisme, à condition qu'il ne s'agisse pas de la France, éprouvèrent une vive émotion devant le drapeau américain. J'ai de moins beaux sentiments, sans doute, que mes compatriotes car ce morceau de zinc ne me transporta pas. Il finit de me rendre l'entreprise antipathique. On avait beau me répéter que c'était l'Humanité (avec un grand H) qui avait grimpé sur la lune, je voyais bien que ce n'était pas vrai. J'aime tendrement les Américains, mais leur drapeau n'est pas celui de l'humanité. Du moins, pas encore.

Un des aspects les plus piquants du viol de la lune par la NASA est le destin des cailloux emmagasinés par les explorateurs dans leur capsule. On nous expliqua longuement que ces échantillons avaient un intérêt considérable, que les « scientifiques » allaient les examiner minutieusement et tirer des conclusions inouïes sur la matière dont sont faites les planètes. Moyennant quoi on n'en entendit plus parler pendant quelques années, jusqu'à ce qu'un journaliste américain mangeât le morceau, si j'ose dire : les cailloux n'avaient rien révélé et on les avait remisés dans un placard.

Une des grandes bêtises de l'époque, qu'on a oubliée aujourd'hui, c'est la frénésie qui s'empara des gogos. Tout le monde était sûr qu'on allait créer une flottille de « vaisseaux spatiaux » et organiser des voyages collectifs vers la lune. Il me semble que quelques fripons encouragèrent ces divagations et louèrent des places sur d'hypothétiques navettes. J'eus le plaisir à cette occasion de scandaliser l'opinion publique. Les gazettes me demandèrent si j'étais « partant » pour un voyage sur la lune. Je répondis qu'à tout coup je préférais un voyage à Venise. Après vingt-cinq ans je n'ai pas changé d'avis.

23 juillet 1994

LES SPECTACLES REGRETTABLES

Dans un pays en proie à la chienlit comme le nôtre, la moindre tentative d'imposer aux citoyens un peu de tenue cause du scandale. Quelques municipalités du Midi ont interdit aux baigneurs de se promener en ville en maillot de bain : aussitôt voilà la polémique. Pourtant ce n'est pas bien méchant d'empêcher les gens d'exhiber dans les rues leurs mollets poilus ou variqueux, leurs fesses en goutte d'huile, leurs bedaines relâchées. Ce serait plutôt un service à leur rendre. Mon camarade Bouvard déplore que les nouveaux arrêtés municipaux le privent de quelques « charmants spectacles ». Mon Dieu ! pour un « charmant spectacle » par-ci par-là, que de spectacles regrettables.

J'ai plusieurs bonnes raisons d'approuver les conseillers municipaux pudibonds. D'abord, qui déambule aux trois quarts nu sur les trottoirs ? Non pas les honnêtes autochtones, mais les touristes, qui foulent d'un pas vainqueur le sol des villes qu'ils ont conquises pour quinze jours ou un mois, et qui imposent sans vergogne leurs pratiques de sauvages. Où qu'ils passent, les touristes apportent la vulgarité, le désordre, les mauvaises mœurs. Comme ils ne vivent pas dans le pays qu'ils corrompent, ils se fichent bien de l'exemple qu'ils donnent. Le tourisme est l'une des plus grandes plaies qu'ait apportées le progrès.

Mon second argument est que la nudité est la caractéristique des primitifs, des esclaves, des victimes. Les nazis en étaient bien conscients, qui obligeaient avant tout leurs prisonniers à se déshabiller. Cette nudité les mettait aussitôt dans un état d'infériorité totale en face des bourreaux qui étaient boutonnés jusqu'au menton, bottés, bref revêtus des accessoires de la supériorité, à des milliers d'années-lumière des pauvres vers blancs qu'ils tenaient en leur pouvoir.

Je connais peu de choses plus attristantes qu'un camp le nudistes. Il y a là une austérité, une espèce de jansénisme anatomique, une implacable vérité des êtres qui n'incitent pas aux idées folâtres. Ce n'est pas dans ces endroits qu'on trouve les « charmants spectacles » qui inclinent M. Bouvard à l'indulgence en matière vestimentaire. L'homme n'est pas fait pour être nu, et la femme non plus. L'un et l'autre sont faits pour être recouverts de feuillages, de plumes, de peaux de panthère ou de loutre, d'étoffes ou de brocart. C'est à ce prix qu'ils sont regardables et même qu'ils ont parfois de la poésie.

Il y a longtemps que je souffre de voir les rues de Paris peuplées de touristes dans des accoutrements plus ou moins choquants. M. Chirac, notre maire, serait bien inspiré à mon avis de prendre exemple sur ses collègues du Midi et de prohiber les culottes courtes sur les postérieurs des sexagénaires, voire sur les grosses cuisses des adolescentes blanchâtres. Paris mérite bien autant de respect pour ses monuments vénérables que Sainte-Maxime.

30 juillet 1994

L'ARMÉE MORTE

Il y a quinze ans, tout le monde était épouvanté par l'Armée rouge, qui comptait quatre millions d'hommes et qui avait massé en Allemagne de l'Est quarante mille chars qui pouvaient arriver à Paris en deux jours. Ces tremblotes me faisaient rire et je me souviens que j'écrivis alors dans ma petite chronique de *France-Soir* qu'il n'y avait pas lieu de s'affoler, attendu que la paix détruit les armées aussi bien que la guerre, sinon plus vite, et qu'il y avait peu de chance que l'Armée rouge échappât à ce processus.

J'avais raison. La paix a réussi là où Hitler et la *Wehrmacht* avaient échoué : elle a rongé l'Armée rouge, elle l'a démoralisée, elle l'a pour ainsi dire démobilisée. Déjà on avait pu constater par la guerre d'Afghanistan, où quelques bandes de loqueteux la tinrent en échec pendant plusieurs années et finirent par la contraindre à s'en aller, qu'elle était loin d'être invincible. Son départ de l'Allemagne de l'Est n'est point de nature à lui redonner confiance en elle-même. C'est une évacuation lamentable, à côté de laquelle notre retrait de l'Indochine et de l'Algérie a une allure, un chic, qui en fait des tragédies et non des déménagements.

Les pauvres soldats russes devant réintégrer la mère patrie ont, selon le maire d'un quartier de Berlin, « emporté tout ce qui est démontable » : conduites d'eau, calorifères, lavabos, et jusqu'aux prises de courant, c'est-à-dire ce qu'on ne trouve pas chez eux et qu'ils espèrent revendre ou troquer. Le plus accablant est que le gouvernement allemand a donné un milliard de marks pour couvrir les frais du départ, et a débloqué l'équivalent de vingt-cinq milliards de francs pour financer la construction de quarante-cinq mille logements destinés à accueillir les troupes ci-devant soviétiques dans la ci-devant URSS. Je crois qu'on n'a jamais vu dans l'histoire un pays occupé payant obligeamment son billet de retour à un occupant parce que celui-ci est trop fauché pour se l'offrir lui-même.

Les Russes sont restés cinquante ans en Allemagne de l'Est. Ce n'est plus une occupation, c'est presque une colonisation, et voilà qu'il n'en reste rien. Non seulement ces nouveaux colons n'ont tiré aucune richesse de leur colonie (ou ils l'ont dilapidée) mais encore ils sont plus pauvres qu'avant. Et l'Armée rouge est passée sur Berlin comme passent les armées, c'est-à-dire comme un nuage ou un coup de vent. La domination étrangère qu'elle personnifiait, l'ordre qu'elle imposait, la crainte qu'elle inspirait, tout cela est déjà englouti dans le passé.

Comme quoi, quand on possède une belle armée, il faut se méfier de la paix. La paix rouille les canons et les mitrailleuses, elle paralyse les soldats, et c'est ainsi que les grands empires meurent, tandis que les petites patries, elles, sont increvables, n'eussent-elles point d'armée du tout.

3 septembre 1994

LA GRATTE

Aucune gazette n'ayant eu la complaisance de définir ce qu'est « l'abus de biens sociaux », j'ai été contraint de faire appel à mes propres facultés pour entrevoir de quoi il s'agissait. D'après ce que j'ai compris, cela consiste à faire payer ses dépenses personnelles par la maison de commerce, l'industrie ou la société dont on est l'employé. Autrement dit, lui soutirer de l'argent sous prétexte de la servir, mais en réalité pour ses propres besoins ou ses propres fantaisies.

Il me semble que, jusqu'à présent, personne n'ait envisagé l'aspect sociologique et l'aspect philosophique de la question. Pourtant ils sont intéressants l'un et l'autre. Quant à la sociologie, il n'est que de considérer l'échelle sociale du haut en bas : on constate que l'abus est une pratique généralisée. Le moindre grouillot, grattant vingt-cinq francs sur une note de frais ou demandant à son gargotier de grossir fictivement l'addition de son casse-croûte, ne fait pas autre chose que le grand directeur général qui paie son mas provençal avec des millions, lesquels, par un subtil jeu d'écriture, passent de la caisse de l'entreprise à son compte en banque particulier.

La notion de vol, jadis, était simple : on s'appropriait, par ruse ou par violence, le bien d'autrui. La justice était simple, elle aussi : elle punissait le coupable en raison du tort qu'il avait causé à sa victime et aggravait la peine, peu ou prou, afin de faire un exemple et d'enseigner la morale au peuple.

Avec l'avènement de la société scientifique et industrielle, le vol est devenu un délit flou. Il n'y a plus un voleur et un volé, c'est-à-dire deux personnes, l'une dépouillant l'autre, mais une grande affaire sans visage, et un petit bonhomme qui tâche de vivre sur elle le mieux possible, comme un sauvage dans la nature. Tout ce qui tombe sous sa main est bon à prendre ou, pour mieux dire, à « piquer ». Il se livre à ce que les anarchistes de 1900 appelaient de la « reprise individuelle », et n'en éprouve nul remords.

De tout temps, les petites gens ont un peu volé ou un peu gratté, et ma foi ce n'est pas grave, je dirai presque que c'est dans la logique des choses. Il faut bien que tout le monde vive. Du reste, les puissants fermaient généralement les yeux sur ces menus larcins. Pour un maladroit comme Claude

Gueux qui écope du bagne pour avoir dérobé une miche de pain, des milliers ou des millions de chapardeurs ont emporté leurs méfaits en paradis.

La philosophie est à cette jointure. Voler un peu est plus ou moins toléré. Voler gros dérange l'ordre du monde. Et c'est alors qu'apparaît l'expression redoutable et solennelle : « Abus de biens sociaux. » On m'a raconté autrefois l'histoire d'un faux-monnayeur de 1880, qui se fabriquait trois billets de mille francs par an, lesquels lui suffisaient pour subsister. Cela marcha jusqu'en 1895, époque où il prit une maîtresse exigeante. Pour satisfaire les caprices de cette dame, il produisit cinq billets au lieu de trois, et se fit pincer. Il serait intéressant (et utile) de savoir à partir de quelle somme, aujourd'hui, on abuse des biens sociaux et on tombe sous le coup de la loi. Cinq mille francs ou cinq millions ?

8 octobre 1994

LES PAQUETS-CADEAUX

Si j'étais ministre, Premier ministre ou président de la République, je me ferais une règle de ne rien accorder qui ne m'eût été réclamé à cor et à cri pendant des mois ou des années. Je suis toujours étonné de voir les pouvoirs publics venir au-devant des désirs des gens, leur offrir comme une charmante surprise quelque chose qu'ils n'avaient pas demandé et peut-être à quoi ils n'avaient jamais pensé.

Mon étonnement ne date pas d'hier. Il remonte au mois de juin 1974 lorsque M. Giscard d'Estaing fixa la majorité, et donc le droit de vote, à dix-huit ans. Ce fut l'une des premières mesures de son septennat. C'était pure gracieuseté de sa part, car les « jeunes » n'avaient rien désiré de la sorte — ou du moins n'avaient pas officiellement exprimé de désir — et, d'une façon générale, se fichaient de la politique. Je crois me souvenir qu'un de leurs slogans était : « Élection, piège à C... »

Autre paquet-cadeau gouvernemental : la suppression de la peine de mort par M. Mitterrand peu après son avènement. À part quelques professionnels de l'humanitarisme, personne en France n'avait souhaité cela. Au contraire, tout le monde ou presque en fut consterné et craignit que la criminalité et le terrorisme n'augmentassent, puisqu'on s'était privé de ce moyen de dissuasion. Effectivement 1981 n'était pas une très bonne date pour faire savoir aux assassins qu'on ne les enverrait plus à l'échafaud. C'était même le pire moment.

Par une espèce de fatalité, tous les gouvernements, quels qu'ils soient, de gauche ou de droite, se mettent le doigt dans l'œil lorsqu'ils veulent faire plaisir. À croire qu'ils n'ont aucune idée du peuple qu'ils régentent, ou de l'époque dans laquelle nous sommes. Par exemple le droit de vote à dix-huit ans eût été tout à fait justifié au temps de Mac-Mahon car les individus de cet âge étaient largement adultes. Mais avoir dix-huit ans en 1974, c'était comme d'en avoir douze. Même remarque pour la peine de mort. C'est en 1840 ou en 1860, époques très policées et civilisées, qu'il aurait fallu l'abolir, non en 1981, alors que la barbarie tyrannisait la planète.

J'avoue que j'ai été étonné que le gouvernement ait fait part d'un projet qu'il a de ramener à dix-huit ans l'âge de l'éligibilité aux fonctions de maire dans les élections régionales et cantonales. Voilà bien du zèle, à mon avis, pour un gouvernement qui avait jusqu'ici montré de la sagesse et de la prudence. Qui a envie d'être maire à dix-huit ans ? Bien peu de jeunes gens, je pense. Seuls quelques petits monstres pourraient avoir cette ambition. Et encore, ils n'en parlent pas de crainte que leurs camarades ne se moquent d'eux.

19 novembre 1994

DOMAINE INTERDIT

J'ai longuement médité sur les pouvoirs du président de la République pour arriver à la conclusion qu'il n'en a aucun. Le monde résiste partout. Les événements lui commandent sans cesse les attitudes qu'il doit adopter et les décisions qu'il lui faut prendre. Il ne peut pas dire : « Demain, il n'y aura plus un seul chômeur en France », ou bien : « Je vais redonner à mon pays un empire colonial. » Il ne peut même pas envoyer un corps expéditionnaire en Bosnie. J'entends un vrai corps expéditionnaire, comprenant plusieurs divisions blindées, de l'aviation et de gros canons.

Il n'y a qu'un domaine où le président de la République ait ses coudées franches, où il fait tout ce qui lui passe par la tête, c'est celui de l'art, de l'architecture, de l'urbanisme. Le seul privilège qui reste au chef de l'État français, c'est d'avoir du goût. Malheureusement il n'en a pas. Il n'en a jamais. Mais comme c'est là qu'on lui obéit, comme c'est là que l'univers hostile se plie humblement à sa volonté, il en profite pour parsemer d'horreurs notre pauvre pays. Un des charmes du général de Gaulle est qu'il était complètement insensible à l'art, ou tout au moins qu'il faisait semblant de l'être. Certes il avait donné le ministère de la Culture à M. Malraux mais on était encore timoré, de son temps, on n'osait pas déposer n'importe quoi n'importe où. La seule monstruosité architecturale que nous ait léguée l'auteur de *La Condition humaine* est la Tour Montparnasse. C'est peu, comparé à ce qui a suivi.

Au fond, M. Mitterrand a été un fidèle continuateur de M. Pompidou. Il avait le même goût que lui — ou, si l'on préfère, le même snobisme de la modernité, la même prédilection pour le colossal, les gratte-ciel en verre, les monuments saugrenus. Lorsque les générations futures feront le recensement de ce qui a été bâti sous l'impulsion ou avec l'approbation « du plus haut niveau » depuis 1969, elles n'en reviendront pas que la France, en l'espace d'un quart de siècle, ait couvert son territoire d'autant de choses étranges. On peut reprocher bien des maladresses et des erreurs à M. Giscard, lui du moins avait une qualité : il n'aimait que les bâtiments et les meubles de style Louis XV.

Nous entendons parler souvent du « Domaine

réservé » du Président. C'est-à-dire la politique étrangère. Il me semble qu'il devrait y avoir surtout un « Domaine interdit », à savoir celui de la peinture, de la sculpture, de l'architecture, voire de la musique, et surtout — cela va sans dire — de la littérature. À mon avis, le Domaine interdit devrait faire l'objet d'une révision de la Constitution, où l'on spécifierait que le Président a tous les droits sauf celui de penser qu'il a du goût.

Avant d'en arriver là, on pourrait exiger des candidats à la présidence de la République l'engagement qu'ils ne prendront jamais, au cours de leur septennat, la moindre initiative en matière artistique, qu'ils se désintéressent solennellement de la beauté, qu'ils ne s'occuperont que de politique. Évidemment le candidat le plus délicieux serait celui qui promettrait de raser les tours de La Défense et du Front de Seine, de faire sauter la pyramide du Louvre, d'extirper les colonnes de Buren, etc. Mais je ne crois pas qu'aucun d'eux ait assez de témérité pour énoncer des choses aussi sacrilèges.

23 décembre 1994

NE DEMANDEZ PAS LE PROGRAMME

Pourquoi demande-t-on toujours aux hommes politiques d'avoir un « programme » ? J'aurais plutôt confiance dans la tête d'un bonhomme que dans ses paroles. Une tête ne ment pas. Elle est intelligente ou obtuse, loyale ou chafouine, énergique ou indécise. Tandis qu'on peut raconter n'importe quoi. D'ailleurs les programmes sont les choses qui manquent le moins. Le dernier des conseillers municipaux a le sien, auquel il croit — ou feint de croire — éperdument. À plus forte raison les grands messieurs ayant, comme on dit, un « destin national ». Le programme est une « figure imposée » en politique, comme le double axel dans le patinage artistique.

Curieusement les électeurs ont été infectés par cette superstition, au point que tout individu se présentant sans programme à leur suffrage leur ferait l'effet d'un fantaisiste, d'un plaisantin, pour ne pas dire d'un amateur. Et pourtant, en ont-ils vu mourir des programmes, depuis qu'ils votent, c'est-à-dire depuis 1871 ! Des centaines, peut-être des milliers, qui racontaient tous un avenir magnifique et promettaient que tout allait changer. En effet, le mot de « changement » est indispensable dans ce genre d'exercice. Rien de ce qui existe ou qui a existé depuis Clovis ne vaut la peine d'être conservé. Il faut trouver « autre chose ». Changement est un mot magique. Du moins les hommes politiques le pensent. En quoi ils ressemblent aux ménagères qui servent à déjeuner du rognon de veau « parce que ça change un peu ».

Le plus dégoûtant dans les programmes, c'est qu'ils ont tous pour objectif l'amélioration de la vie des gens, l'augmentation des salaires et des loisirs, le bonheur en somme. Je veux dire par là que tout programme est optimiste. Et c'est en cela qu'il est toujours inadéquat. La vie n'est pas optimiste. Elle est pleine d'embûches et de trahisons qu'il faut déjouer au jour le jour, de catastrophes plus ou moins prévisibles, de décisions à prendre inopinément.

Qu'il serait rafraîchissant d'entendre quelqu'un, du haut d'une tribune, nous déclarer : « Mes enfants, j'espère que vous ne croyez pas que je vais tenir les promesses que je vous ai faites, ni même que je vais essayer. Ce ne serait pas possible, et j'ose affirmer que ce serait immoral. Ce qui existe n'est pas bien fameux, mais je n'y changerai rien. Je me bornerai à apporter quelques améliorations par-ci par-là, très légères, et après de longues méditations. Quant à la démagogie, ne comptez pas sur moi. Mon expérience des hommes est qu'on peut tout attendre d'eux si on leur demande des choses impossibles, alors qu'ils deviennent insupportables si on flatte leur paresse et leurs vices. M. Bidault disait du général de Gaulle qu'il était le seul qui ait jamais su prendre les mouches avec du vinaigre. Voilà mon ambition. Quand vous m'aurez élu, vous n'aurez à boire que du vinaigre, et vous finirez par aimer cela, par trouver que c'est supérieur à tout. »

Bien entendu, cette chronique n'est qu'une longue rêverie. Nous n'avons pas fini d'entendre parler de programme et de changement. D'ailleurs, au bout du compte, la France a bien changé depuis Louis XIV, Napoléon et même Poincaré. Mais pas comme le disent les programmes.

11 février 1995

LE PACTE

Beaucoup de gens sont malheureux d'avoir éventuellement à choisir, au deuxième tour de l'élection présidentielle, entre M. Chirac et M. Balladur. Ils les aiment bien tous les deux et cela sera un crève-cœur de voter pour l'un plutôt que pour l'autre. Chez M. Balladur, les électeurs aiment le calme, la tranquillité, la prudence, la discrétion et la ténacité qu'ils aperçoivent derrière ses qualités d'homme d'État.

Pour ce qui est de M. Chirac, il y a vingt ans qu'on le connaît, qu'on le suit dans ses succès et ses échecs politiques, que l'on s'est fait à son caractère, qui a quelque chose d'aventureux et de téméraire, à quoi les Français ne sont jamais insensibles. De nombreux électeurs de M. Balladur ont été, depuis 1976, des partisans fidèles de Jacques Chirac, et je suis sûr que ce n'est pas sans regret qu'ils s'apprêtent à lui refuser leur voix.

Enfin M. Balladur et M. Chirac sont les fils

d'un même père, à savoir le président Pompidou. J'ai connu personnellement M. Balladur vers 1970, alors qu'il était secrétaire général de l'Élysée. Il était déjà tel qu'il est aujourd'hui, c'est-à-dire que l'on sentait en lui ce qu'on ne sent que dans très peu d'hommes : la passion de l'État. En d'autres termes, et sans qu'il l'eût dit jamais, on avait la certitude que, dans quelque situation qu'il se trouvât, il ferait toujours passer l'intérêt général avant l'intérêt particulier, y compris le sien.

L'électeur, dit-on, ne vote pas pour ce qu'il désire mais contre ce qu'il ne veut pas. Il s'ensuit que les élections lui font rarement plaisir. Ce serait une grande nouveauté si, pour une fois, il était content des résultats de la présidentielle. J'ai, comme à l'accoutumée, trouvé la solution de ce problème ; elle est des plus simples, ce qui fait sans doute qu'elle ne sera pas retenue par les intéressés. Cela consisterait en un pacte public entre M. Balladur et M. Chirac où chacun s'engagerait, s'il est élu président, à prendre l'autre comme Premier ministre.

Je sais bien qu'il est dur pour l'amour-propre de n'obtenir que la seconde place quand on a brigué la première, mais être Premier ministre n'est pas si mal, après tout. Beaucoup de politiques, voire des plus brillants, s'en contenteraient. Quant à l'amour-propre, il me semble que si quelque chose est bon pour le pays il faut le mettre dans sa poche. Il serait vraiment triste qu'une compétition électorale, fût-ce pour la magistrature suprême, fît de M. Balladur et de M. Chirac deux ennemis irréconciliables, si tant est qu'en politique il y ait des ennemis qui ne se réconcilient jamais à la faveur d'une circonstance ou d'une autre. C'est plus difficile, évidemment, quand ils sont du même bord.

22 avril 1995

TALENT ET GALÈRE

Dans la fable « L'Âne et le petit chien », le cher La Fontaine écrit :

> « Ne forçons point notre talent
> Nous ne ferions rien avec grâce... »

Je ne cesse de penser à ces deux vers depuis que nous participons aux opérations de l'ONU en Yougoslavie. Opération, du reste, est un mot très grandiose. L'ONU n'opère rien du tout : elle se borne à être là, à regarder les Serbes et les Bosniaques se taper dessus et à recevoir des coups quand elle s'approche trop près des belligérants.

Il est fâcheux que la France, sous la forme d'un contingent de Casques bleus, fasse partie de ce qu'on appelle la « Forpronu ». C'est en cela qu'elle force son talent, et même qu'elle le renie. Le talent de l'armée française, lorsqu'on a recours à elle, consiste à se battre, tantôt bien tantôt mal, mais non pas à rester immobile, désarmée, paralysée, cataleptique entre deux ennemis qui en décousent furieusement. Le dernier des imbéciles vous dira que c'est là un rôle très ingrat. Les forces de l'ONU sont à peu près dans la position de grandes personnes plaintives, adjurant des gamins de cesser de se cogner dessus. Les gamins n'écoutent rien, bien entendu, et les grandes personnes en sont pour leurs jérémiades.

Dans l'affaire yougoslave, il est convenu que les bons sont les Bosniaques et que les méchants sont les Serbes. Du moins, c'est ce que je lis et entends partout. Cependant, je ne puis m'empêcher de penser que, quand une guerre civile dure plus de trois ans, les violences viennent des deux côtés, même si l'on charge l'un des combattants de tous les crimes et qu'on présente l'autre comme un agneau qu'on égorge. Égorger un agneau ne dure pas trois ans, ou alors c'est que l'agneau se défend bien. Les forces de l'ONU pourraient nous renseigner là-dessus, puisqu'elles « observent ». Mais personne n'a eu l'idée de leur poser la question, semble-t-il.

Dans mon enfance, la France avait quelques amis ou alliés très chers. Ceux pour lesquels nous avions le plus de tendresse étaient les Serbes. Cela m'est resté, tant il est vrai que les impressions d'enfance sont ineffaçables. J'aime les Serbes aujourd'hui comme on m'avait appris à les aimer quand j'avais douze ans, et comme, à ce qu'on me disait, ils nous aimaient. Je trouve malheureux qu'une politique américano-européenne, et non pas une politique traditionnellement française, nous oppose à eux en ce moment. Il s'ensuit des choses bien honteuses, comme les Casques bleus français pris en otages. Une autre citation, de Molière celle-là, me vient à l'esprit : « Qu'allaient-ils faire dans cette galère ? » Et quels profits la France retirera-t-elle de s'être brouillée avec de vieux camarades au profit de gens qui ne lui sont rien et ne lui en auront aucune reconnaissance ?

3 juin 1995

LES APACHES DANS LES POLDERS

Les Hollandais, ayant à acheter des hélicoptères pour leur armée, avaient le choix entre les Tigres de fabrication franco-allemande et les Apaches fournis par les États-Unis. De l'avis des experts militaires, les Tigres sont très supérieurs aux Apaches pour ce qui est de l'efficacité et de l'invulnérabilité. En outre ils sont dotés de tous les perfectionnements modernes, tandis que les Apaches sont de vieilles machines qui n'ont pas évolué depuis vingt-cinq ans. Or vingt-cinq ans, dans l'art de tuer, c'est quasiment la préhistoire.

Comme il fallait s'y attendre, les Hollandais (les Anglais aussi, d'ailleurs) ont passé commande de l'hélicoptère américain, ce qui est très intéressant sur le plan des mœurs et de la philosophie historique. Je me plains souvent qu'il y a en France une espèce de consentement ou d'adhésion à la colonisation américaine, mais cela ne se manifeste que par le snobisme ingénu des enseignes des boutiques et le jargon pseudo-anglais des analphabètes. D'autres pays européens, surtout de l'Europe du Nord, sont bien plus colonisés que nous. La Hollande, entre autres, avec l'affaire des hélicoptères Apaches nous en fournit la preuve.

Entre un appareil remarquable et un appareil périmé, c'est l'appareil périmé qu'elle élit parce qu'il est proposé par le Maître, le Puissant, le fournisseur massif de cinéma et de feuilletons télévisés, le conducteur (plus ou moins tâtonnant) de la politique mondiale. Faire un achat de matériel militaire à un pays, de nos jours, c'est comme de lui faire une déclaration d'amour. Il est évident que la Hollande veut être aimée des États-Unis et qu'elle se fiche complètement de la France et de l'Allemagne, c'est-à-dire de l'Europe.

En second lieu je soupçonne le gouvernement néerlandais de s'être tenu le raisonnement suivant : « À présent que l'URSS n'existe plus, il est peu probable que nous ayons la guerre en Europe. Quant aux expéditions lointaines, nous n'en entreprendrons pas de sitôt. Par conséquent quel besoin avons-nous d'hélicoptères dernier cri qui se démoderont comme les autres dans quelques années sans que nous ayons eu à nous en servir ? Autant acheter les vieux coucous américains. Les États-Unis nous saurons gré de nous refiler leur antique camelote et c'est toujours une bonne affaire que d'être bien avec l'unique grande puissance qui demeure dans le monde. »

L'inconvénient, avec les gouvernements, c'est qu'ils ne vont jamais au bout d'un raisonnement. Si les Hollandais achètent des hélicoptères avec la quasi-certitude qu'ils ne les utiliseront jamais, pourquoi les acheter ? Dame, c'est qu'il y a des dépenses de prestige obligatoires, et qu'il faut absolument avoir l'air martial dans notre univers bêlant et humanitariste.

15 juillet 1995

L'HONNEUR ET LA FORCE

Il est très bien que M. Chirac, dans le discours qu'il a prononcé lors de la commémoration de la rafle du Vél d'Hiv, ait mentionné la responsabilité du régime de Vichy dans cette abominable affaire. Ce que je regrette c'est qu'il ait mis en cause « la France ». Il ne s'agissait pas de la France mais de ce que l'on appelait alors « l'État français », c'est-à-dire la moitié du territoire, dite zone non occupée, où s'était établi un « gouvernement de rencontre », selon les propres mots du général de Gaulle.

Ce gouvernement de rencontre faisait ce que font traditionnellement les réalistes : il essayait de sauver quelques meubles en sacrifiant l'honneur national. Ces calculs sont toujours désastreux, car on perd son honneur et on ne sauve rien. Dans l'adversité, il ne faut pas être réaliste ; il faut être irréductible, il faut être convaincu que la mort est préférable à l'abjection. Le crime secret de Vichy a été de penser que devant un vainqueur tel que l'Allemagne nazie qui n'avait aucun ménagement à garder, on pourrait quand même négocier quelques petites choses.

Les nazis n'étaient pas seulement impitoyables, ils étaient fous. Et eux aussi, ils étaient sans honneur. Le pire forfait de Vichy a été de leur livrer, parce qu'ils exigeaient qu'ils leur fussent remis afin de les tuer, les juifs et les réfugiés politiques. Ceux-ci étaient un dépôt sacré de la France, non pas de la France de 1940 ou de l'État français, mais de la « France éternelle » qui avait toujours, tout au long de son histoire, étendu sa protection sur ceux qui la lui demandaient. Avant de livrer aux nazis les juifs et les réfugiés, il fallait leur livrer trente millions de Français de vieille souche : ils en étaient responsables.

Il est dommage que les hommes d'État ne tirent à peu près jamais de leçon philosophique des événements. Il y en avait une à tirer que je n'ai pas rencontrée dans le discours de M. Chirac : à savoir que la justice sans la force n'est qu'une dérision, que si l'on veut garder son honneur mieux vaut être vainqueur que vaincu et que, pour cette raison, il faut avoir non seulement du courage mais aussi des armes. Je crois que l'armée française ne manquait pas de courage en mai 1940 mais elle n'avait pas d'armes et ses généraux, hélas ! ne valaient pas ceux de l'ennemi. J'aurais été M. Chirac, j'aurais dit quelque chose comme : « Jamais plus la France ne se mettra dans le cas d'abandonner les persécutés aux persécuteurs, et pour cette mission elle se donnera tous les moyens de la force. C'est la raison pour laquelle aujourd'hui nous avons décidé de procéder à des essais nucléaires. »

22 juillet 1995

FUIR LES BALKANS

Je ne sais plus combien d'États groupe ce qu'on appelle l'Europe, si c'est douze ou davantage. De toute façon, douze c'est déjà beaucoup trop. On ne peut rien entreprendre quand on est si nombreux et, surtout, rien mener à bien. Comment avoir une volonté commune, comment empêcher tel ou tel partenaire d'avoir des arrière-pensées, de traîner les pieds, de regarder ailleurs ? Enfin, qui commandera à cet ensemble hétéroclite ? Non pas un des États, qui serait ainsi le supérieur des autres, mais des fonctionnaires anonymes, complètement irresponsables et, de la sorte, voués à l'échec.

L'Europe des Six, organisée par de Gaulle et Adenauer, constituait un bloc de cent cinquante millions d'hommes, ce qui suffisait à lui donner un poids politique presque égal à celui de l'URSS et de l'Amérique. Le Marché commun était une bénédiction alors, et non pas un facteur de mécontentement comme aujourd'hui. Cette Europe des Six, enfin, quoique bicéphale, n'avait qu'une tête : la France et l'Allemagne qui agissaient de concert et formaient la plus grosse part du gâteau.

Tout a commencé à aller mal lorsqu'on a fait entrer dans la combinaison la Grande-Bretagne, qui n'avait de véritables liens qu'avec l'Amérique, et après elle, diverses nations dont le cœur penchait beaucoup plus vers les États-Unis que vers notre continent.

Une seule chose peut souder les peuples (et encore, temporairement) : une victoire remportée en commun ; cela en fait des frères d'armes. La défaite, au contraire, désunit, aigrit, emplit les alliés de dissentiment et de rancune les uns à l'égard des autres. Il est bien fâcheux que l'Europe, dans son intervention plus ou moins militaire en Yougoslavie, se soit montrée si impuissante, si lamentable, si nulle. Cela est d'un mauvais augure pour son avenir, ou plutôt pour l'espoir de cohésion qu'elle pouvait avoir. Lorsque cette affaire sera terminée, c'est-à-dire dans fort longtemps car nous sommes enlisés dans quelque chose d'absurde et d'interminable, à quoi nous ne comprenons rien, nous n'aurons que des souvenirs amers.

Mais quelle folie aussi, d'être allé hasarder notre Europe hypertrophique et molle dans les

Balkans où, traditionnellement, il n'y a que des coups à recevoir, et qui sont ce que les diplomates appelaient jadis une « poudrière ». C'était courir au-devant des embarras. Il serait temps de trouver une porte ouverte ou entrouverte pour nous désengager. Intervenir dans les querelles balkaniques, c'est se mêler de traduire quelque chose d'un langage dont on ne connaîtrait pas un mot.

29 juillet 1995

SOS-HUMANITARISME EN PÉRIL

Il est difficile d'être humanitaire de nos jours. Jusqu'à la semaine dernière, l'humanitarisme consistait à plaindre les pauvres Bosniaques qui étaient opprimés par les méchants Serbes ; à présent voici qu'apparaissent les Croates et ce sont les Serbes qui ont soudain le dessous. Il y a cent cinquante mille Croates très féroces, avec un matériel des plus modernes, qui se sont mis en mouvement et qui écrabouillent tout. Ils bénéficient des lumières de quinze conseillers américains qui les ont aidés, entre autres choses, à organiser leur armée.

Les Croates ont attendu longtemps avant de tomber sur les Serbes. On peut dire qu'ils sont fin prêts, qu'il ne leur manque pas un bouton de guêtre. Et si par hasard un de ces précieux boutons manquait, on peut compter que les États-Unis l'expédieraient aussitôt par pont aérien.

Il y avait sous Louis XV dans l'armée française un régiment croate qu'on appelait le « Royal-Cravate » et qui faisait plus ou moins la guerre en dentelles. Les Croates de maintenant font une guerre beaucoup plus moderne, c'est-à-dire qu'ils tirent sur tout ce qui bouge avec des roquettes et envoient des avions mitrailler les réfugiés serbes sur les routes. Le spectacle est si saisissant que les membres d'une organisation humanitaire française qui y assistaient se disaient entre eux avec désolation : « On devrait peut-être tous s'en aller, laisser les Serbes, les Croates et les Bosniaques se débrouiller entre eux... »

Il est dommage que cette idée judicieuse n'ait effleuré personne depuis trois ou quatre ans, que nul n'ait songé qu'il est fort hasardeux d'aller prendre parti dans une guerre civile, et qui plus est une guerre civile balkanique. Mais comment retenir les généreux élans des belles âmes, lesquelles pullulent de nos jours ? Les Bosniaques étaient épatants : leur apporter des sacs de riz, des sardines et des fusils d'occasion était une tâche sublime pour les intellectuels occidentaux qui allaient là-bas comme à une espèce de « Club Med » héroïque ayant M. Kouchner et M. Bernard-Henri Lévy pour gentils organisateurs. Les Serbes aussi étaient épatants : ils inspiraient l'horreur, on les déguisait en nazis, bref on avait l'immense bonheur de voler au secours du bien contre le mal. Et, en plus, ce n'était pas dangereux — ou à peine —, juste ce qu'il fallait pour rentrer à Paris nimbé de romantisme.

Va-t-on fréter des convois humanitaires pour les Serbes, maintenant que c'est eux qui sont dans la mistoufle ? Je ne pense pas que les cent cinquante mille Croates verraient cela d'un très bon œil. Et les Croates, dame, c'est sérieux, c'est brutal. L'humanitarisme n'est pas leur verre de slivovitz.

12 avril 1995

VIVE L'ARMÉE !

Dans mon enfance, on disait : « La peur du gendarme est le commencement de la sagesse. » Mon père m'a servi ce dicton plus de mille fois afin de me convaincre que le monde était bien agencé, en somme, et la société confortable, puisque les malfaiteurs éventuels se faisaient tout petits, les assassins réfrénaient leurs instincts sanguinaires, les cambrioleurs s'abstenaient de convoiter l'argenterie des bourgeois, pour peu qu'ils vissent se profiler à l'horizon le képi de la force publique.

Quant à moi, petit garçon, je me sentais fort en sécurité, entouré comme je l'étais de bons génies en uniforme, qui se tenaient entre moi et le crime, encore que le dicton, dans la bouche de mon père, s'appliquât aussi à mon propre cas, et m'invitât implicitement à ne pas faire de trop grosses bêtises, attendu que l'autorité pourrait toujours m'apercevoir et me prendre au collet.

À présent, on a le sentiment que la peur du gendarme n'est plus le commencement de la sagesse, mais le commencement de la folie. Depuis quarante ou cinquante ans, les honnêtes gens, qui ont tout intérêt à ce que la police les protège, déblatèrent contre elle et tout ce qui lui ressemble. C'est d'autant plus étrange et même extravagant, que la délinquance est beaucoup plus forte qu'elle ne l'était dans mon enfance, que tout le monde ou presque a eu à en souffrir, qu'on tue les vieilles dames pour leur voler vingt francs, qu'on viole les petites filles, qu'on pose des bombes dans le métro, que plus rien n'est en sûreté, et que les serruriers font fortune en installant des portes blindées aux appartements.

La réalité a beau être ce qu'elle est, rien ne parvient à détruire l'absurde snobisme qui consiste à s'attendrir sur le voleur (ou l'assassin) et à faire une réputation détestable à ceux qui tâchent de nous sauver. Il est rare de trouver dans l'histoire de France une époque où l'opinion publique ait été aussi bête que maintenant. Les Français sont à peu près semblables à un peuple en guerre, qui prendrait à tout coup le parti de l'ennemi et ne se lasserait pas de démoraliser l'armée qui combat en première ligne.

Le dernier épisode de cette histoire inepte est la polémique au sujet du terroriste abattu par les gendarmes. Il avait tiré sur eux, ils ont riposté.

Tout cela n'a rien que de normal et de logique. Je dirai même que rien n'est plus moral. Il ne faut pas tirer sur les gendarmes. Ou alors il ne faut pas s'indigner s'ils tirent à leur tour. Ils ne font qu'appliquer les préceptes du manuel de la gendarmerie.

7 octobre 1995

L'HONNEUR DES ASSASSINS

Cinquante-sept députés de la majorité ont signé une proposition de loi sur le rétablissement de la peine de mort pour les terroristes. Ce sont des gens courageux, car il n'est pas « politiquement correct » aujourd'hui de professer que le meilleur moyen d'adoucir les mœurs est de supprimer les criminels.

Il me semble que si j'étais assassin, je serais du même avis que les cinquante-sept députés. En effet, la peine de mort est l'honneur de la profession. Savoir qu'on risque sa peau en trouant celle d'autrui confère une espèce de dignité aux pires canailles. Je n'irai pas jusqu'à dire que cela les assimile à des soldats sur un champ de bataille, toutefois cela leur donne un vague reflet de bravoure militaire. À présent qu'on a mis la guillotine au rebut ou au musée, il n'y a plus de mérite à tuer. La loi a dévalué la vie des honnêtes gens.

Je comprends mal que la plupart des avocats soient partisans de l'abolition. Naguère, le plus beau titre de gloire de ceux qui plaidaient aux assises était d'avoir « sauvé la tête » de leur client. Certains, qu'on appelait les « ténors du barreau », avaient plusieurs têtes à leur palmarès et l'on avait l'impression, quand on les rencontrait, que ces têtes étaient suspendues à leur ceinture, souriant de toutes leurs dents et célébrant l'éloquence de Maître de Moro-Giafferi (par exemple) qui leur avait conservé le regard et la parole.

Il en est des avocats comme de tout le monde, je pense : ils ne voient pas où est leur véritable intérêt. Ils étaient des chevaliers qui avaient périodiquement à affronter le monstre appelé « peine de mort », c'était fatigant, c'était héroïque, quelquefois surhumain, mais quelle récompense ! Arracher un homme à la guillotine, cela équivalait à le ressusciter. On pouvait parler de miracle. À présent les avocats ne font plus de miracle.

Le plus décourageant dans les gouvernements démocratiques, c'est qu'ils sont composés de petites gens timorées, qui ne veulent pas avoir de sang sur la conscience. Ils déguisent cette pusillanimité sous de belles attitudes en expliquant qu'il ne faut pas répondre à la violence par la violence, parce que cela fait le jeu de la barbarie. Moyennant quoi, la barbarie a le champ libre pour toutes les horreurs possibles, comme nous pouvons le constater depuis quinze ou vingt ans. Péguy avait bien vu cela, qui écrivait : « Ils ne veulent pas se salir les mains, mais ils n'ont pas de mains. »

Les cinquante-sept députés anti-abolitionnistes n'ont guère de chance d'être suivis par leurs collègues. Toutefois il y a un petit espoir pour eux dans dix ans : aux États-Unis, les quatre cinquièmes des États ont rétabli la chaise électrique ou la chambre à gaz. Comme il faut généralement une dizaine d'années pour que l'Europe ait l'idée de copier l'Amérique, on peut imaginer que, vers 2006, les assassins français retrouveront leur honneur.

10 février 1996

LES ÉVÊQUES DE CONDOM

Les membres de l'Épiscopat français ont lieu d'être inquiets. Il est hautement inquiétant, en effet, de prendre une décision dont on est félicité à l'unanimité. Cela signifie immanquablement qu'on s'est mis le doigt dans l'œil.

Quelle mouche a piqué nos bons évêques de donner leur avis sur l'emploi des préservatifs en matière de fornication ? Cela ne les regarde pas. C'est l'affaire des médecins, des pharmaciens, des gens qui jugent bon d'utiliser ces petites enveloppes protectrices. Bref, je trouve que les évêques français font bien du zèle. Leur mandement me paraît aussi extravagant que s'ils donnaient leur opinion sur les trente-deux positions, en autorisant les unes et en prohibant les autres.

Certes, le sida est une grande calamité, mais ce n'est pas l'épiscopat gallican qui en viendra à bout. Au XVIIIe et au XIXe siècle, la syphilis a fait des ravages. Je n'ai pas le souvenir que les évêques de France aient préconisé l'usage des préservatifs. Ils existaient déjà : on les appelait des « condoms ». Cette homonymie est le seul rapport que le préservatif ait eu avec Bossuet qui fut évêque de Condom précisément. Casanova, qui était bon chrétien et communiait à la messe, se servait de condoms sans en demander la permission au Patriarche de Venise.

Il faut laisser les pécheurs se débrouiller avec leurs péchés. La tâche de l'Église n'est pas de faciliter le péché ou de dire comment il faut le pratiquer pour ne pas se rendre malade. Le seul remède de l'Église au péché, c'est l'absolution et le sacrement de pénitence. Hors de là, elle dit des bêtises, comme les politiciens professionnels.

Qu'arrivera-t-il quand la médecine viendra à bout du sida, comme elle est venue à bout de la syphilis ? Il n'y aura plus de sida — ou ce sera devenu une affection bénigne — mais l'autorisation tacite de se livrer aux joies de la chair sans risque de procréer qu'ont donnée les évêques restera. Ce sera un « avantage acquis ». Il me semble qu'autrefois l'Église voyait un peu plus loin que le bout de son nez.

Les fidèles sont comme les autres hommes : ils veulent des chefs qui leur demandent beaucoup, qui exigent d'eux une foi ardente, qui leur imposent des devoirs et des privations. C'est ainsi qu'ils se sentent aimés et menés vers le salut. Or l'Église, depuis le concile Vatican II, fait le contraire. Comme les parents de maintenant, elle accorde toutes les libertés à ses enfants. Moyennant quoi, ils n'ont plus de respect pour elle, ni d'attachement. C'est en demandant aux hommes des efforts surhumains, de perpétuels dépassements d'eux-mêmes, et non en leur rendant tout facile, sinon facultatif, qu'on se fait aimer d'eux. L'Église chrétienne a sous les yeux l'Islam qui va de triomphe en triomphe par son intransigeance, et elle n'a toujours rien compris. Mon Dieu, elle était moins aveugle au temps de Mgr Dupanloup.

9 mars 1996

LE LION ET LES MOUCHERONS

Le pire danger auquel puissent se heurter les grands empires est la guérilla. Napoléon en a fait l'expérience en Espagne. Les braves d'Austerlitz, d'Iéna, de Wagram ont été mis en échec par quelques bandes de loqueteux qui les égorgeaient dans d'obscurs guets-apens. Rien n'est plus faux que le dicton : « Qui peut le plus peut le moins. » L'empereur des Français pouvait tout sur les gouvernements de l'Europe mais il était impuissant devant les paysans de l'Andalousie et de la Sierra Morena.

La forme de la guérilla moderne est le terrorisme, lequel est plus meurtrier que la guérilla de jadis. Celle-ci, en effet, ne sortait pas des frontières du pays que les armées conquérantes occupaient. Si Napoléon n'avait pas envahi l'Espagne, les Espagnols l'auraient laissé bien tranquille. Aujourd'hui, il n'y a plus de frontière et la guérilla s'exporte partout, spécialement dans les aéroports qui sont comme les symboles du monde actuel dominé par les puissances industrielles.

Rien ne déconcerte les empires puissants autant que la guérilla qui, en quelque sorte, ne joue pas le jeu du monde, lequel est fondé sur les rapports de force quasi arithmétiques des États. La guérilla les assaille comme le moucheron tourmente le lion dans la fable de La Fontaine. Il est indéniable que les États-Unis sont le lion de notre temps. La Libye et l'Iran sont deux moucherons qui le tourmentent beaucoup et contre lesquels il ne peut pas faire grand-chose d'autre que de rugir. Son dernier rugissement est la loi d'Amato qui prévoit des sanctions contre les compagnies étrangères ayant des investissements à Téhéran et à Tripoli.

Cette loi d'Amato n'est pas une petite affaire, car divers États européens ont des intérêts dans les pays en question et trouvent qu'il y a bien de l'outrecuidance de la part des Américains à les menacer de représailles parce qu'ils tâchent de gagner un peu leur vie comme cela. Ainsi est-il démontré que la guérilla à la fin du XXe siècle est une question beaucoup plus complexe qu'au début du XIXe. Pour la mettre efficacement en échec, il faudrait être aussi secret et aussi insaisissable qu'elle, chose difficile, semble-t-il, sinon impossible aux lions qui règnent sur les animaux par leur crinière, leurs grandes dents, leurs griffes, et font retentir la forêt de leur voix tonnante.

10 août 1996

LES PROFANATEURS

Il y a dans l'affaire Clovis un côté « cimetière de Carpentras » qui me déplaît, pour ne pas dire qu'il me dégoûte. J'ai le sentiment qu'on a déterré ce pauvre vieux et qu'on se livre sur sa dépouille à toutes sortes d'ignominies, par pure passion politique ou idéologique. Que diable ! On savait bien que Clovis, roi des Francs, n'était pas un enfant de chœur, et qu'il lui arrivait d'avoir la main lourde. Mais enfin ni l'Europe du VIe siècle, ni la morale de son temps n'étaient les mêmes qu'aujourd'hui. Ni surtout les cœurs des hommes. Juger Clovis au nom des Lumières, de la tolérance, des « Immortels Principes » est plus qu'un sacrilège, c'est un anachronisme.

En fait, ce qu'on ne lui pardonne pas, c'est d'avoir fondé la France et, pis encore, la France chrétienne. S'il était resté un barbare, un Germain, un païen, on lui passerait n'importe quoi. Cela paraîtrait même à nos penseurs de

1996 de charmantes coutumes d'époque. Il aurait bien pu massacrer le tiers de ses sujets, et coucher avec sa mère, ses sœurs et ses filles, on fermerait benoîtement les yeux sur ces peccadilles. Mais il a protégé l'Église, il s'est fait baptiser, il a épousé la reine Clotilde. Voilà des scandales impardonnables.

L'évêque Grégoire de Tours, qui vécut cinquante ans après lui, étant né en 538 et qui de ce fait est peut-être un peu plus digne de confiance que les profanateurs contemporains, fait un portrait fort attachant de Clovis, qui, d'après lui, était un homme supérieur et un grand politique. C'est lui qui rapporte la célèbre anecdote du vase de Soissons, lequel n'a pas été cassé, mais tout au plus cabossé car il devait être en argent ou en bronze. Grégoire raconte la scène avec beaucoup de charme et de verve : Clovis prie ses guerriers que le vase soit mis à part du butin. Ceux qui « avaient l'esprit sain » s'écrient : « Tout ce que nous voyons ici, glorieux roi, est à toi, et nous-mêmes, nous sommes soumis à ta domination. » Mais un homme « léger, jaloux et frivole » lève sa hache, frappe le vase et dit : « Tu n'auras rien que ce que le sort t'attribuera. » Grégoire note que ces paroles « stupéfièrent tout le monde » mais que le roi « contint son ressentiment avec une douce patience ». Ce ne fut qu'un an plus tard, à l'occasion d'une revue, qu'il fendit la tête à l'insolent.

Une nation vit autant sur ses légendes que sur son histoire réelle. Certes Clovis a existé, il a gagné des batailles, il a gouverné, il a commencé à dessiner la figure de la France. Mais l'éloignement dans le temps fait de lui un personnage quasiment mythique, un portrait de famille qui est accroché à l'entrée de notre histoire, et qu'il est absurde de retoucher afin de le rendre plus « ressemblant ». Du reste, rien ne prouve qu'il soit plus ressemblant. Le fond de l'affaire, comme d'habitude, est de prouver, ou tâcher de prouver, que l'Histoire de France, jusqu'à la prise de la chère Bastille, n'a été faite que par des crapules et des assassins.

21 septembre 1996

L'HORREUR DU VIDE

M. Le Pen est le chef-d'œuvre de M. Mitterrand, qui l'a créé pour embêter ce qui était alors l'opposition et qui est le pouvoir aujourd'hui. M. Le Pen est ce qui reste de quatorze années de socialisme, avec les colonnes de Buren, la pyramide du Louvre, l'Opéra de la Bastille et la grande arche de La Défense, à cette différence près qu'il est beaucoup plus solide que ces monuments dont certains, qui n'ont pas dix ans d'âge, commencent à se lézarder. Lui, en revanche, est une vraie réussite : il est florissant, bien portant, célèbre, vénéré par ses troupes et vilipendé par ses adversaires. Bref, il a une situation de rêve.

Il est étonnant qu'aucun des nombreux ouvrages hagiographiques consacrés à M. Mitterrand, où l'on détaille complaisamment ses hauts faits, ses spéculation profondes, ses goûts en matière d'art, ne mentionne parmi ses innombrables coups de génie la création du Front national.

C'est pourtant ce qui demeurera en définitive de son long séjour à l'Élysée. L'histoire a souvent de ces ironies.

En fabriquant M. Le Pen, M. Mitterrand, il faut en convenir, a atteint les sommets de l'habileté politique. Il a donné le change à ce qu'on appelait « la droite », il l'a fait se tromper d'ennemi. La malédiction de la droite, en effet, et qu'il avait bien discernée, c'est qu'elle est snob. Elle veut ressembler comme une sœur à la gauche afin de plaire à trois douzaines d'intellectuels binoclards qui écrivent dans les journaux. Avoir l'air socialiste sans l'être lui semble le plus grand bonheur sur terre. En lui offrant une « extrême-droite » à honnir, on pouvait être sûr qu'elle se lancerait à fond dans l'anathème. Cela n'a pas manqué.

« La nature a horreur du vide, dit un adage cartésien. La nature politique aussi. À cause de la gauche qui est restée si longtemps au pouvoir, et de la droite qui s'évertue à la singer, le peuple a le sentiment qu'il n'y a plus de droite en France, à part le Front national qui, non seulement n'a pas peur de dire qui il est, mais encore s'en vante et s'offre toutes sortes de professions de foi plus ou moins excessives, sûr d'avance que tout ce qu'il dit changera agréablement les oreilles françaises des bêlements socialistes et libéraux.

Quand donc les gens qui sont au gouvernement

en ce moment comprendront-ils que la droite en France est un très vaste territoire, et qu'on l'abandonne tout entier, par pure sottise, à M. Le Pen ? Quand arrêteront-ils de jouer le jeu de M. Mitterrand ? Le jour où ils cesseront d'être snobs. Tels qu'on les connaît, ce n'est pas pour demain.

28 septembre 1996

LE BOUC ÉMISSAIRE

Quand je vois la presse, la télévision et, à leur suite, l'opinion publique se déchaîner unanimement contre quelqu'un, je ne sais quel mouvement me pousse à prendre le parti du pestiféré. Cela n'est pas seulement le fait de l'esprit de contradiction : j'ai fini par apprendre, avec l'âge, que le mal n'est jamais tout d'un côté et le bien de l'autre. Enfin il est des temps où les hommes, peut-être parce qu'ils se sentent fort pécheurs eux-mêmes, ont besoin de boucs émissaires afin de se redonner bonne conscience.

Il y a une chose pire que le cynisme ou le pragmatisme en politique : c'est la morale. Or, depuis la fin de la Seconde Guerre mondiale, et l'hégémonie progressive du grand vainqueur de ce conflit, à savoir l'Amérique, la morale règne partout. Je ne veux pas dire par là que les nations sont devenues moins égoïstes, moins fourbes, moins implacables que dans le passé, mais elles colorent leurs entreprises de nobles prétextes. Lorsqu'on intervient dans quelque endroit du monde par la force, c'est toujours au nom de l'idéal, même si l'imposture crève les yeux. D'ailleurs tous les yeux sont fermés.

Le charme des boucs émissaires, au moins quand il s'agit d'individus, c'est qu'on peut continuer à les injurier après qu'on les a enterrés. Ils deviennent des sortes d'épouvantails historiques avec lesquels on fait peur aux petits et aux grands enfants. Le bouc émissaire mort a un avantage supplémentaire qui est que l'on peut, à tout instant, évoquer son exécrable mémoire, afin de détourner l'attention du public des canailles vivantes.

La France depuis une vingtaine d'années semble avoir un don particulier pour crier haro sur ses amis ou, sinon ses amis, sur les gens qui peuvent lui être utiles. Elle y est fort aidée par la puissante confrérie des intellectuels parisiens qui sont encore plus moraux que les puritains du Nouveau Monde et qui envoient impitoyablement en enfer les nations ou les personnes coupables d'avoir de l'attachement pour nous.

J'ai écrit cette chronique en guise d'oraison funèbre pour le pauvre Bokassa, qui n'était sûrement pas un saint, mais qui avait au moins deux qualités, lesquelles, en dépit de ses gamineries impériales, auraient dû lui valoir notre soutien : il avait été un courageux soldat français et avait gagné le ruban de la Légion d'honneur sur le champ de bataille. En second lieu, il parlait français et, avec lui, la Centrafrique parlait français.

En 1900, époque où l'on n'était pas aussi moral qu'aujourd'hui, il serait mort sur son trône et le président de la République française aurait envoyé des télégrammes de condoléances à sa ou à ses veuves.

9 novembre 1996

TABLE

Avant-propos 7

I
L'ESPRIT DE CONTRADICTION,
FONDEMENT DE LA VERTU

(Discours à l'Académie française
Séance publique du 5 décembre 1996
Discours sur la Vertu) 11

II
CHRONIQUES

Guerre et paix 39
Les indésirables 42

La sabirophonie 45
Magie et chienlit 48
Quai Kennedy 51
Les anthropophages 54
Le malentendu le plus long 57
La lie de la population 60
La guerre civile 63
Les séquelles de Néron 66
J'aime mieux Venise 69
Les spectacles regrettables 72
L'armée morte 75
La gratte 78
Les paquets-cadeaux 81
Domaine interdit 84
Ne demandez pas le programme 87
Le pacte 90
Talent et galère 93
Les Apaches dans les polders 96
L'honneur et la force 99
Fuir les Balkans 102
SOS-Humanitarisme en péril 105
Vive l'armée ! 108
L'honneur des assassins 111

Les évêques de Condom 114
Le lion et les moucherons 117
Les profanateurs 120
L'horreur du vide 123
Le bouc émissaire 126

DU MÊME AUTEUR

LE COMPLEXE DE CÉSAR, essai (Gallimard).
LE DÉJEUNER DU LUNDI, roman (Gallimard).
GALÈRE, poèmes (Éditions des Granges-Vieilles).
L'ARBRE, théâtre (Gallimard).
LE PETIT DON JUAN, traité de la Séduction (Robert Laffont).
UNE TÊTE DE CHIEN, roman (Gallimard).
AU BON BEURRE, scènes de la vie sous l'Occupation, roman (Gallimard).
DOUCIN, roman (Gallimard).
LES TAXIS DE LA MARNE, essai (Gallimard).
LE FOND ET LA FORME, tome I, essai alphabétique sur la morale et sur le style (Gallimard).
L'ÂME SENSIBLE, essai (Gallimard).
LE FOND ET LA FORME, tome II (Gallimard).
RIVAROL, essai et choix de textes (Mercure de France).
LES HORREURS DE L'AMOUR, roman (Gallimard).
LE DEMI-SOLDE (Gallimard).
LA FIN DES PEAUX-ROUGES, moralités (Gallimard).
LE FOND ET LA FORME, tome III (Gallimard).
PLUCHE OU L'AMOUR DE L'ART, roman (Flammarion).

PETIT JOURNAL 1965-1966 (Julliard).
L'ÉCOLE DES JOCRISSES, essai (Flammarion).
LE CRÉPUSCULE DES LOUPS, moralités (Flammarion).
LE PARADOXE DU CRITIQUE, suivi de SEPT SAISONS, critique dramatique (Flammarion).
2024, roman (Gallimard).
MASCAREIGNE, roman (Julliard).
CINQ ANS CHEZ LES SAUVAGES, essai (Flammarion).
LES CHOSES COMME ELLES SONT, entretiens (Stock).
ŒUVRES COMPLÈTES, tomes I et II (Flammarion).
LE BONHEUR ET LES AUTRES IDÉES, essai (Flammarion).
DISCOURS DE RÉCEPTION À L'ACADÉMIE FRANÇAISE (Flammarion).
MÉMOIRES DE MARY WATSON, roman (Flammarion).
UN AMI QUI VOUS VEUT DU BIEN (Flammarion).
DE LA FRANCE CONSIDÉRÉE COMME UNE MALADIE (Flammarion).
HENRI OU L'ÉDUCATION NATIONALE, roman (Flammarion).
LE SOCIALISME À TÊTE DE LINOTTE (Flammarion).
LE SEPTENNAT DES VACHES MAIGRES (Flammarion).
LE MAUVAIS ESPRIT, entretiens avec J.E. Hallier (Orban).
LA GAUCHE LA PLUS BÊTE DU MONDE (Flammarion).
CONTRE LES DÉGOÛTS DE LA VIE (Flammarion).
ÇA BOUGE DANS LE PRÊT-À-PORTER (Flammarion).
LE SPECTRE DE LA ROSE (Flammarion).
LE SÉMINAIRE DE BORDEAUX (Flammarion).
CONVERSATION AVEC LE GÉNÉRAL (Trinckvel et Flammarion).

LES PENSÉES (Cherche-Midi).
LOIN D'ÉDIMBOURG (Éditions de Fallois).
PORTRAITS DE FEMMES, roman (Flammarion).
VERS DE CIRCONSTANCE (Cherche-Midi).
L'ASSASSIN, roman (Flammarion).
DOMAINE PUBLIC (Flammarion).
LE VIEIL HOMME ET LA FRANCE (Flammarion).
LE SEPTIÈME JOUR (Flammarion).
LE FELD-MARÉCHAL VON BONAPARTE (Flammarion).
SCÈNES DE GENRE ET TABLEAUX D'ÉPOQUE (Trédaniel).

Traductions :

LE VIEIL HOMME ET LA MER, d'Ernest Hemingway.
LES MUSES PARLENT, de Truman Capote.
L'ŒIL D'APOLLON, de G.K. Chesterton.

Achevé d'imprimer sur presse Cameron
dans les ateliers de ***Bussière Camedan Imprimeries***
à Saint-Amand-Montrond (Cher)
en février 1997

N° d'édition : 284. N° d'impression : 4/218.
Dépôt légal : février 1997

Imprimé en France